看不见的飞船

[德] 帕特里克 · 威尔布莱特 [德] 安德鲁 · 马特修斯 著
[德] 乌维 · 海德施略特 绘 安纳 译

中信出版集团 | 北京

图书在版编目（CIP）数据

看不见的飞船 /（德）帕特里克·威尔布莱特，（德）安德鲁·马特修斯著；（德）乌维·海德施略特绘；安纳译 . -- 北京：中信出版社，2022.12

ISBN 978-7-5217-4944-1

Ⅰ . ①看… Ⅱ . ①帕… ②安… ③乌… ④安… Ⅲ . ①儿童小说－长篇小说－德国－现代 Ⅳ . ① I516.84

中国版本图书馆 CIP 数据核字（2022）第 211737 号

看不见的飞船

著　　者：［德］帕特里克·威尔布莱特　［德］安德鲁·马特修斯
绘　　者：［德］乌维·海德施略特
译　　者：安纳
出版发行：中信出版集团股份有限公司
（北京市朝阳区惠新东街甲4号富盛大厦2座　邮编　100029）
承 印 者：北京中科印刷有限公司

开　　本：880mm × 1230mm　1/32　　印　　张：2.25　　字　　数：29千字
版　　次：2022年12月第1版　　印　　次：2022年12月第1次印刷
京权图字：01－2022－3488
书　　号：ISBN 978－7－5217－4944－1
定　　价：28.00元

隐形 2 号飞船的成员

致亨利和他的父母，以及费尔迪和他刚出生的宝宝。

——帕特里克·威尔布莱特

致希望全世界人都读书的内迪（即使书里没有插图）。

——安德鲁·马特修斯

致安耶和约翰。

——乌维·海德施略特

哈!

隐形 2 号飞船的控制室

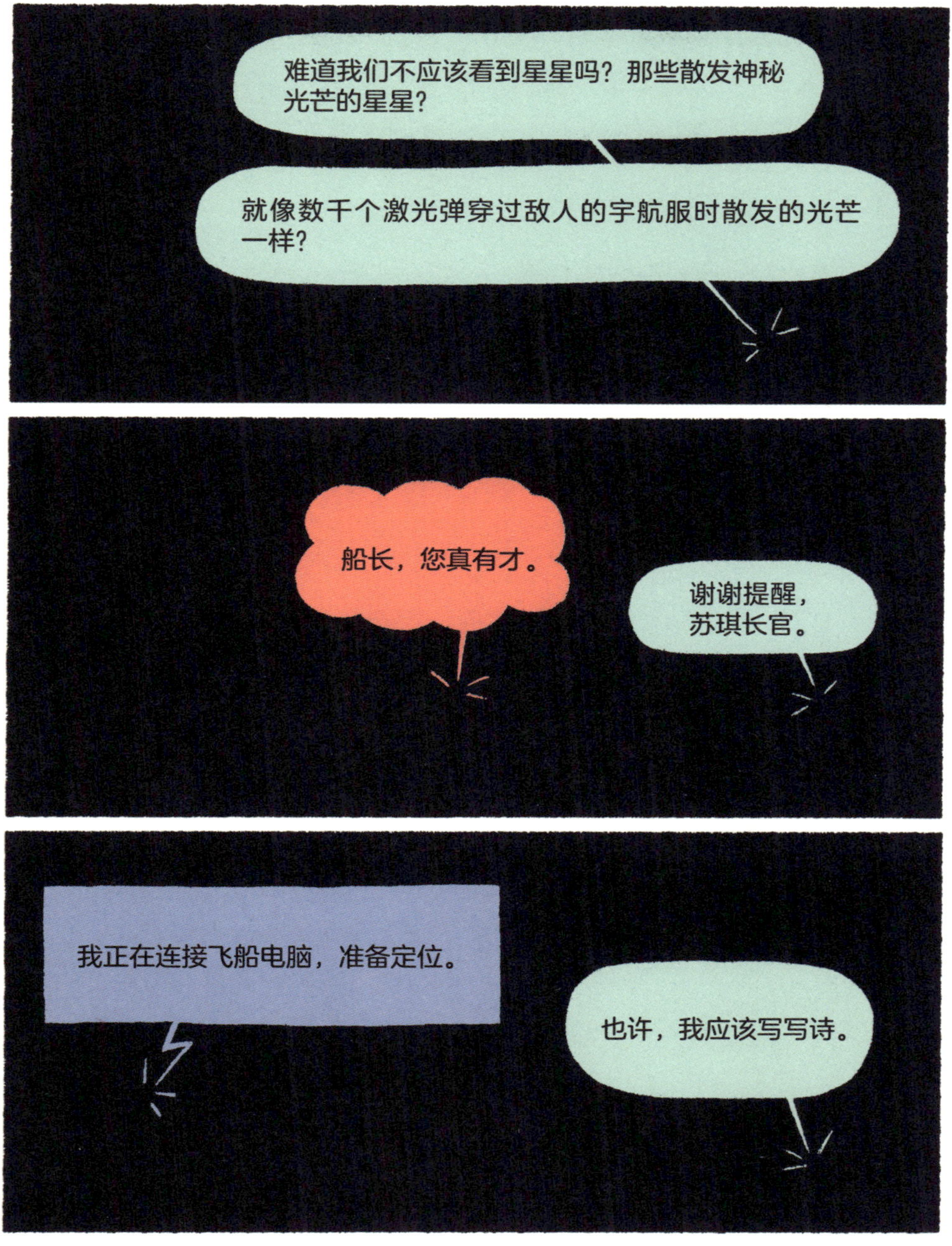
难道我们不应该看到星星吗？那些散发神秘光芒的星星？
就像数千个激光弹穿过敌人的宇航服时散发的光芒一样？
船长，您真有才。
谢谢提醒，苏琪长官。
我正在连接飞船电脑，准备定位。
也许，我应该写写诗。

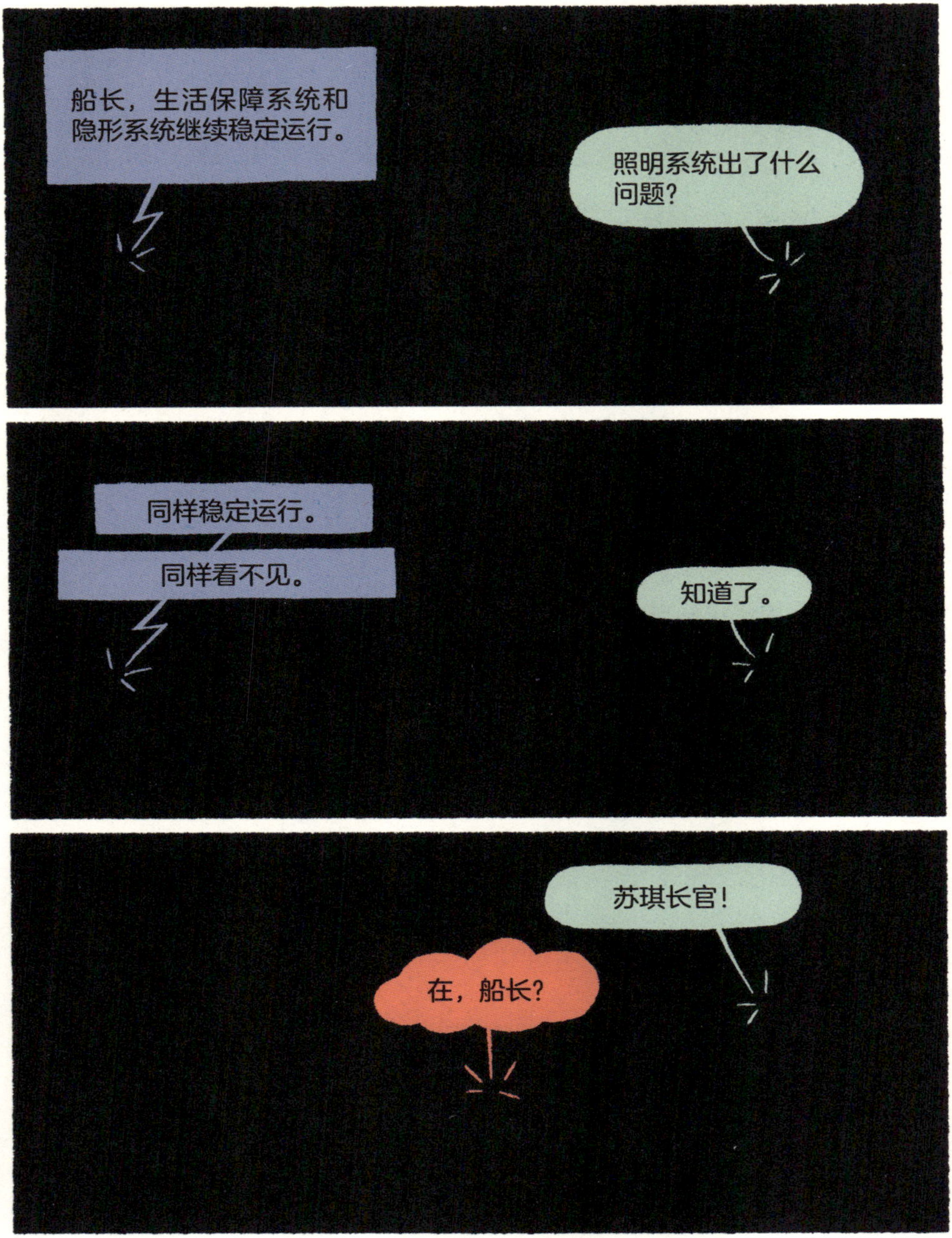
船长，生活保障系统和隐形系统继续稳定运行。
照明系统出了什么问题？
同样稳定运行。
同样看不见。
知道了。
苏琪长官！
在，船长？

请您关闭这可恶的隐形系统！
船长，我已经试过了。
可惜我想不起来哪个按钮才是正确的按钮。
您是认真的吗？
就是那个蓝色的按钮！
就算我背对着您，我也知道是那个蓝色的按钮。
这个并没有多难！

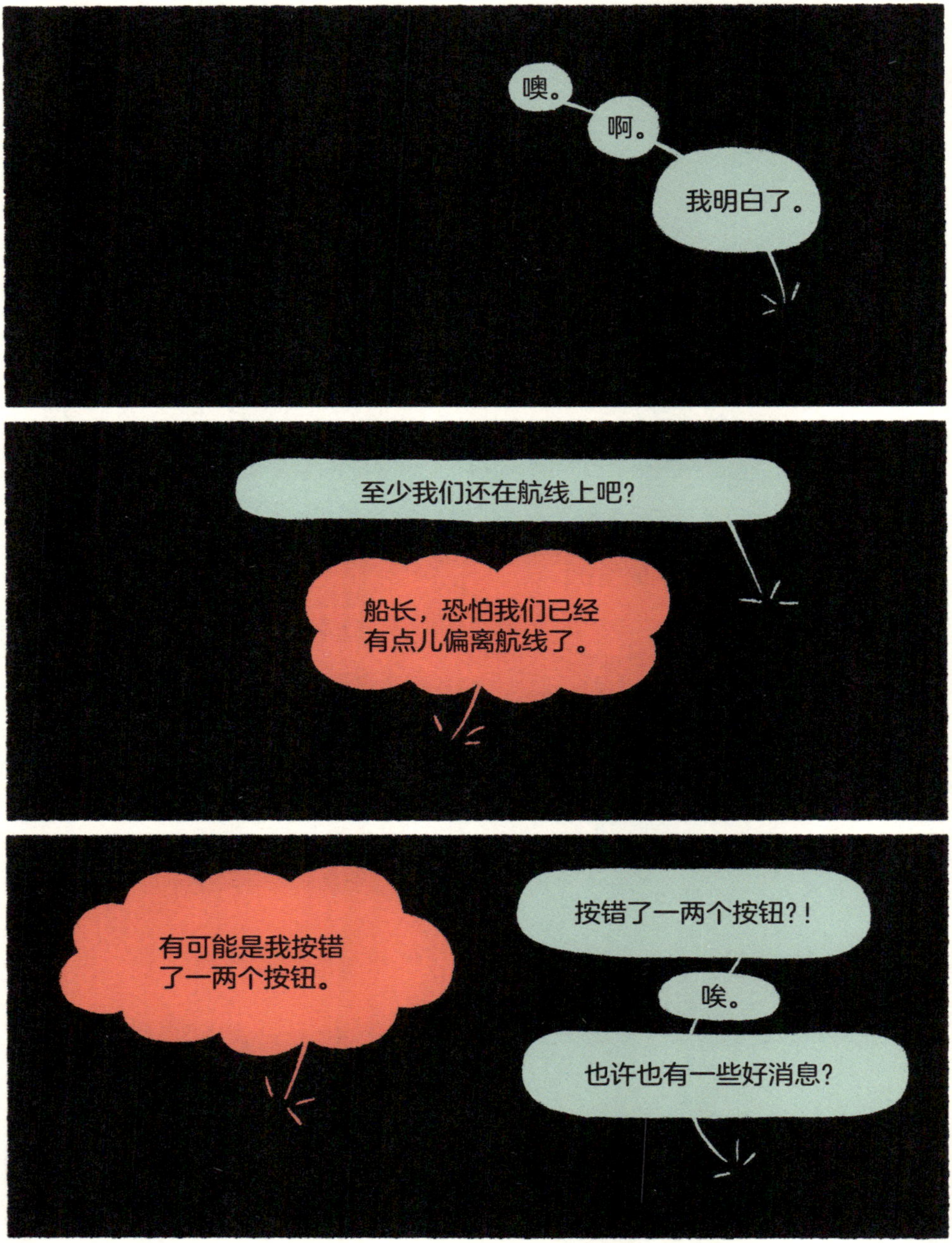
噢。
啊。
我明白了。
至少我们还在航线上吧？
船长，恐怕我们已经有点儿偏离航线了。
有可能是我按错了一两个按钮。
按错了一两个按钮？！
唉。
也许也有一些好消息？

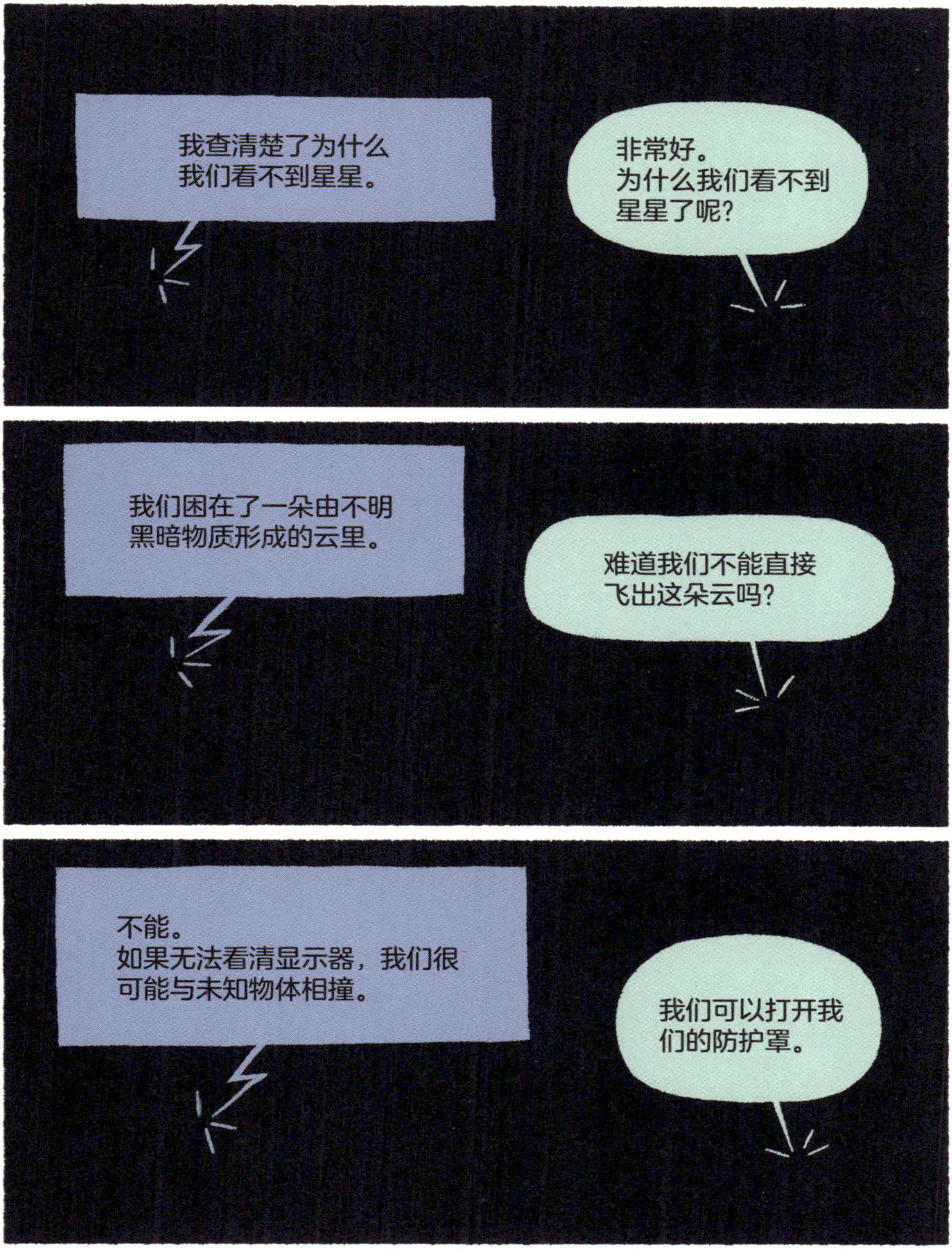
我查清楚了为什么
我们看不到星星。
非常好。
为什么我们看不到
星星了呢？
我们困在了一朵由不明
黑暗物质形成的云里。
难道我们不能直接
飞出这朵云吗？
不能。
如果无法看清显示器，我们很
可能与未知物体相撞。
我们可以打开我
们的防护罩。

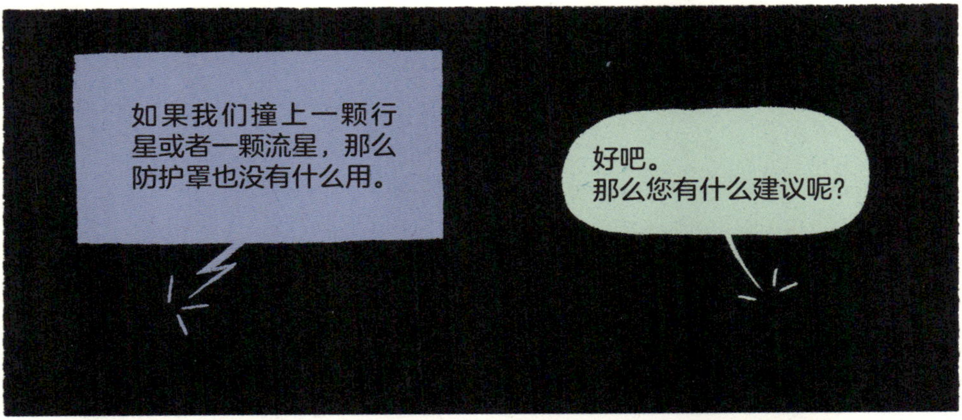
如果我们撞上一颗行星或者一颗流星，那么防护罩也没有什么用。
好吧。
那么您有什么建议呢？

船长，我觉得我已经发射了一个求救信号。
您觉得？

呜咿呜咿呜咿呜咿呜咿
现在到底发生了什么？

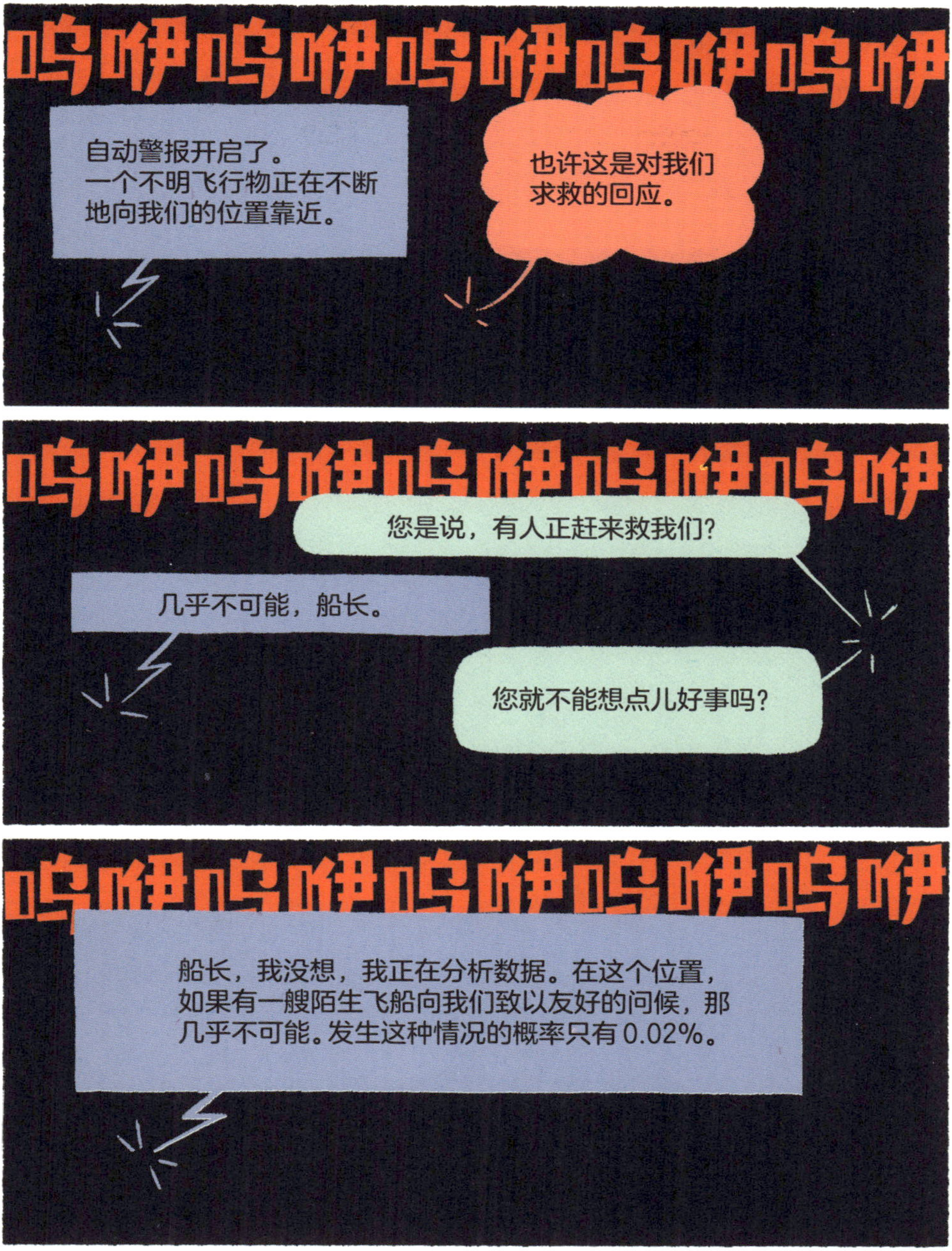

呜咿呜咿呜咿呜咿呜咿
自动警报开启了。一个不明飞行物正在不断地向我们的位置靠近。
也许这是对我们求救的回应。
呜咿呜咿呜咿呜咿呜咿
您是说，有人正赶来救我们？
几乎不可能，船长。
您就不能想点儿好事吗？
呜咿呜咿呜咿呜咿呜咿
船长，我没想，我正在分析数据。在这个位置，如果有一艘陌生飞船向我们致以友好的问候，那几乎不可能。发生这种情况的概率只有 0.02%。

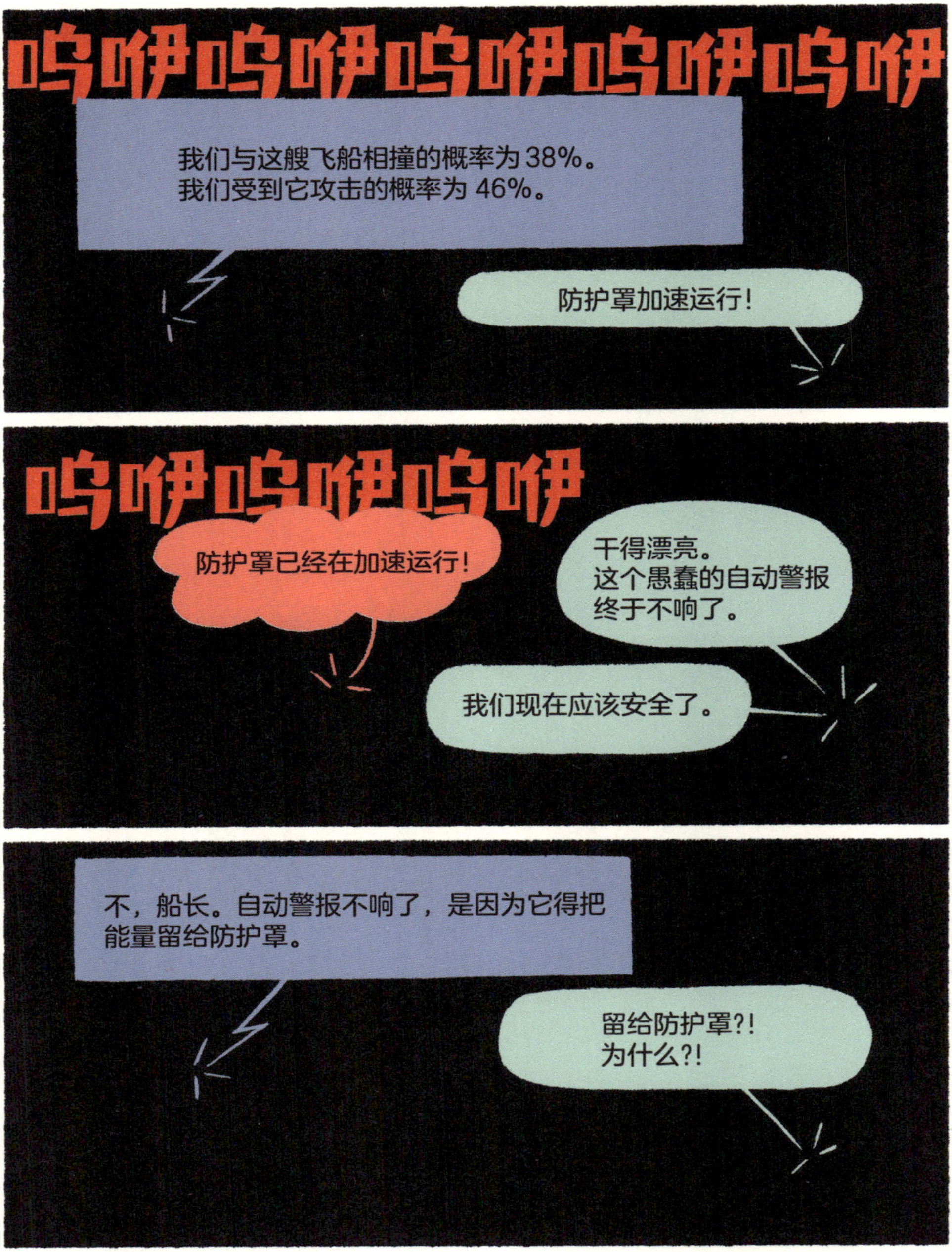
呜咿呜咿呜咿呜咿呜咿
我们与这艘飞船相撞的概率为 38%。我们受到它攻击的概率为 46%。
防护罩加速运行！
呜咿呜咿呜咿
防护罩已经在加速运行！
干得漂亮。这个愚蠢的自动警报终于不响了。
我们现在应该安全了。
不，船长。自动警报不响了，是因为它得把能量留给防护罩。
留给防护罩?!为什么?!

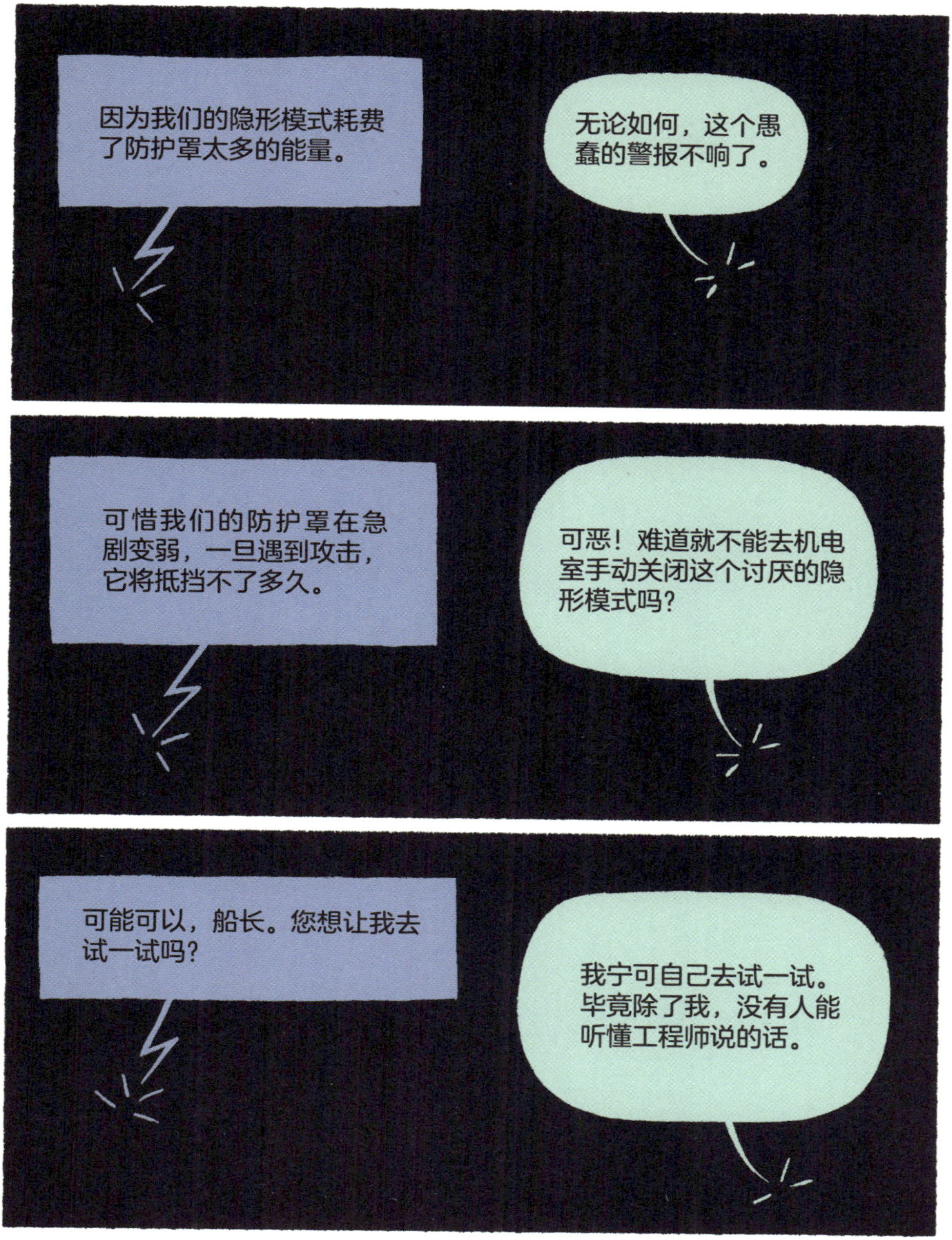
因为我们的隐形模式耗费了防护罩太多的能量。
无论如何，这个愚蠢的警报不响了。
可惜我们的防护罩在急剧变弱，一旦遇到攻击，它将抵挡不了多久。
可恶！难道就不能去机电室手动关闭这个讨厌的隐形模式吗？
可能可以，船长。您想让我去试一试吗？
我宁可自己去试一试。毕竟除了我，没有人能听懂工程师说的话。

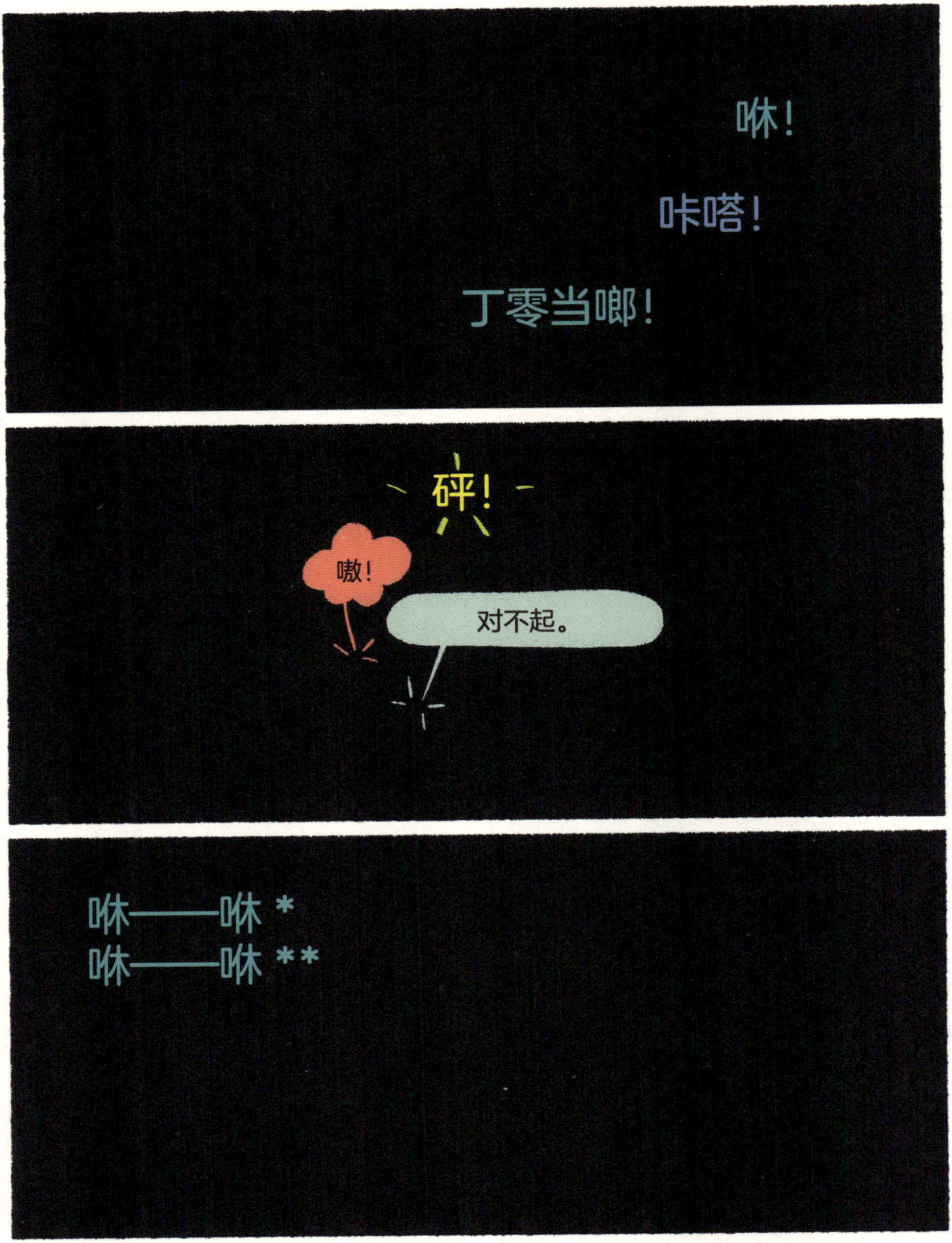

* 舱门打开的声音。
** 舱门关闭的声音。

在机电室

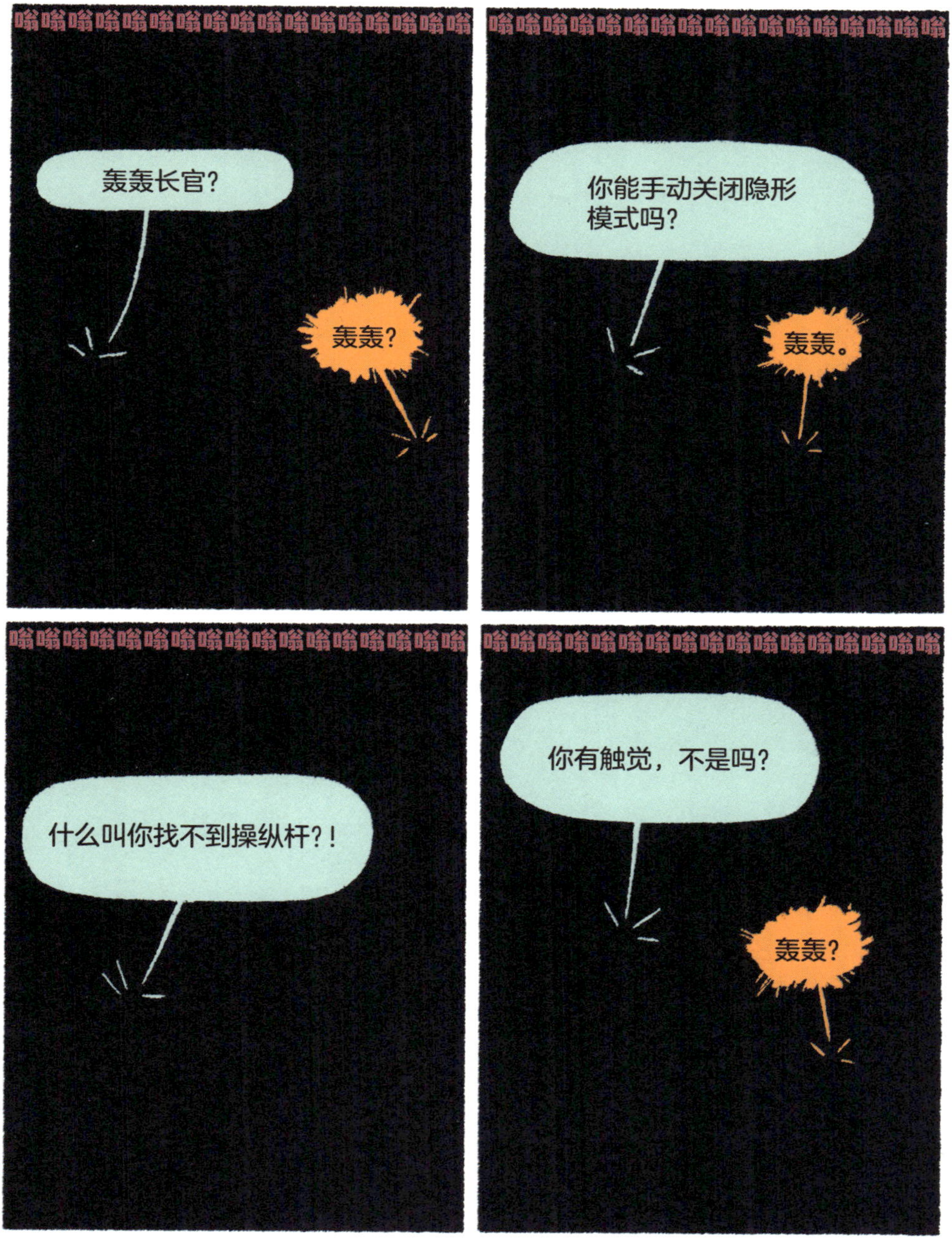

嗡嗡嗡嗡嗡嗡嗡嗡嗡嗡嗡嗡嗡嗡嗡嗡嗡
轰轰长官？
轰轰？
嗡嗡嗡嗡嗡嗡嗡嗡嗡嗡嗡嗡嗡嗡嗡嗡嗡
你能手动关闭隐形模式吗？
轰轰。
嗡嗡嗡嗡嗡嗡嗡嗡嗡嗡嗡嗡嗡嗡嗡嗡嗡
什么叫你找不到操纵杆？！
嗡嗡嗡嗡嗡嗡嗡嗡嗡嗡嗡嗡嗡嗡嗡嗡嗡
你有触觉，不是吗？
轰轰？

嗡嗡嗡嗡嗡嗡嗡嗡嗡嗡嗡嗡嗡嗡嗡嗡嗡
一个有触觉的人，指的是他可以用他的双手去触碰这个世界。
轰轰！
对。在我看来，也可以用他的双脚。
嗡嗡嗡嗡嗡嗡嗡嗡嗡嗡嗡嗡嗡嗡嗡嗡嗡
轰轰！
我当然知道你不是人。
嗡嗡嗡嗡嗡嗡嗡嗡嗡嗡嗡嗡嗡嗡嗡嗡嗡
现在我们能说一说我们的紧急问题了吗？
轰轰。
嗡嗡嗡嗡嗡嗡嗡嗡嗡嗡嗡嗡嗡嗡嗡嗡嗡
好的，谢谢。
轰轰？

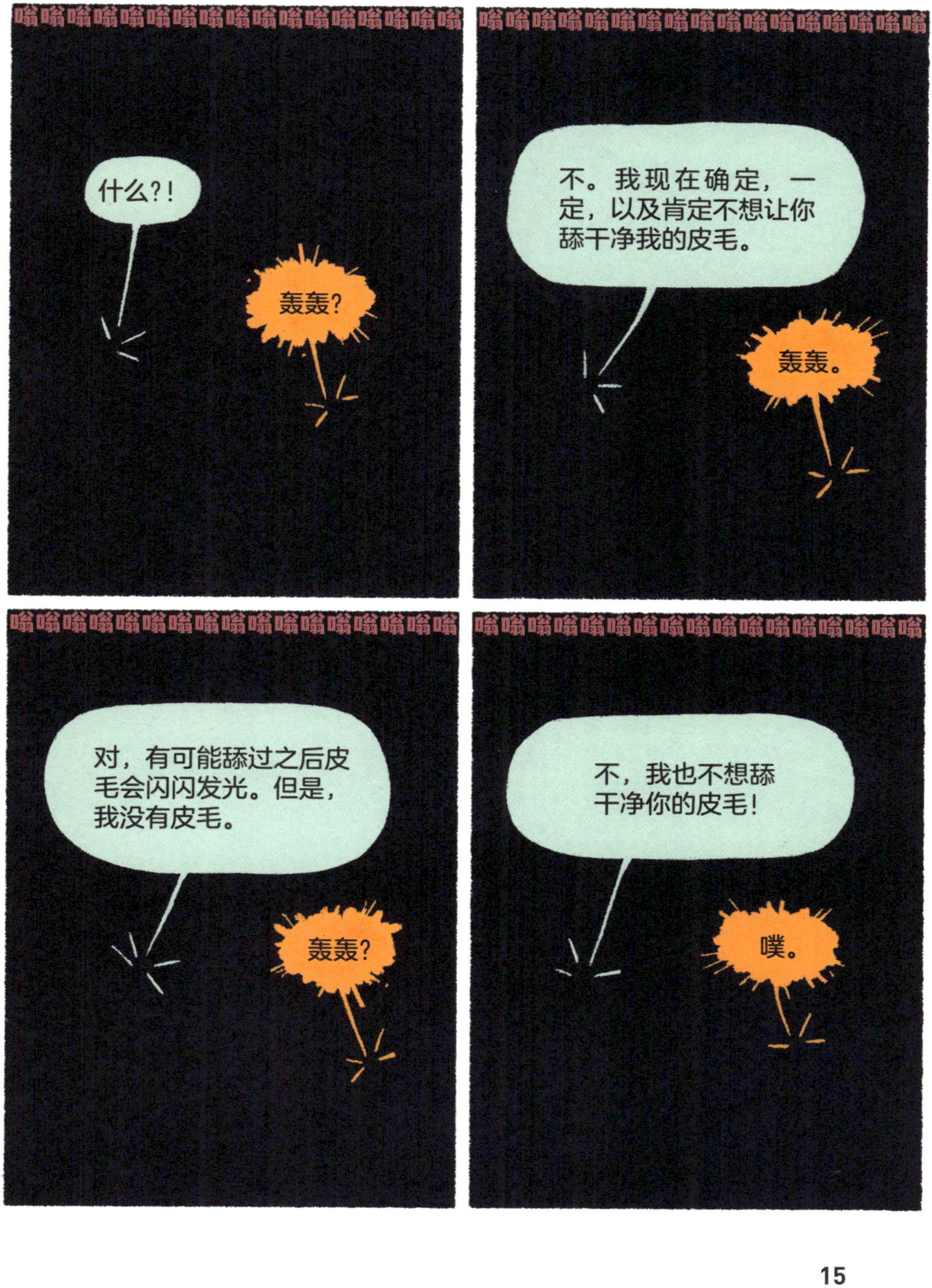

嗡嗡嗡嗡嗡嗡嗡嗡嗡嗡嗡嗡嗡嗡嗡嗡嗡
什么?!
轰轰?
嗡嗡嗡嗡嗡嗡嗡嗡嗡嗡嗡嗡嗡嗡嗡嗡嗡
不。我现在确定，一定，以及肯定不想让你舔干净我的皮毛。
轰轰。
嗡嗡嗡嗡嗡嗡嗡嗡嗡嗡嗡嗡嗡嗡嗡嗡嗡
对，有可能舔过之后皮毛会闪闪发光。但是，我没有皮毛。
轰轰?
嗡嗡嗡嗡嗡嗡嗡嗡嗡嗡嗡嗡嗡嗡嗡嗡嗡
不，我也不想舔干净你的皮毛!
噗。

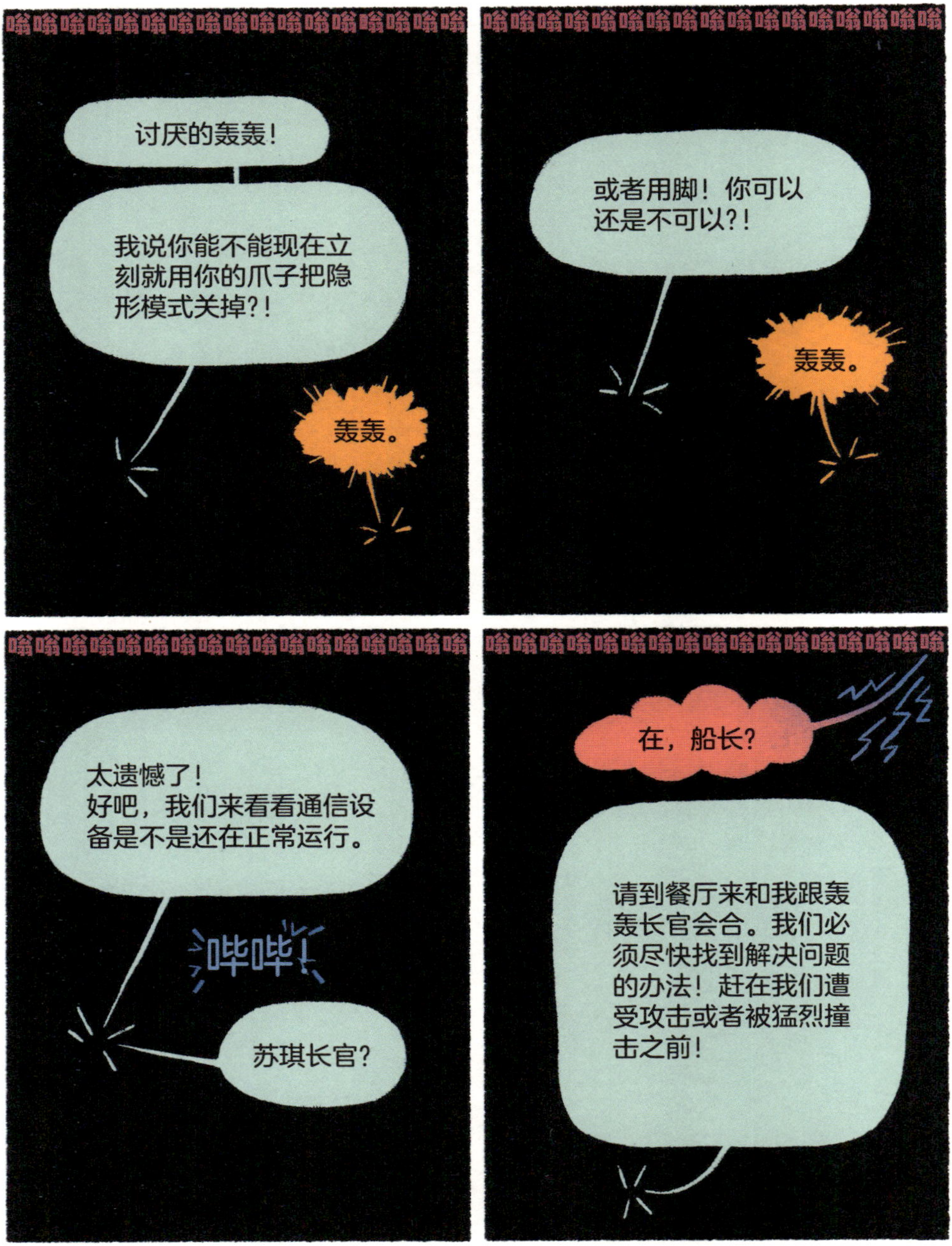
嗡嗡嗡嗡嗡嗡嗡嗡嗡嗡嗡嗡嗡嗡嗡嗡嗡
讨厌的轰轰！
我说你能不能现在立刻就用你的爪子把隐形模式关掉？！
轰轰。
嗡嗡嗡嗡嗡嗡嗡嗡嗡嗡嗡嗡嗡嗡嗡嗡嗡
或者用脚！你可以还是不可以？！
轰轰。
嗡嗡嗡嗡嗡嗡嗡嗡嗡嗡嗡嗡嗡嗡嗡嗡嗡
太遗憾了！
好吧，我们来看看通信设备是不是还在正常运行。
哔哔！
苏琪长官？
嗡嗡嗡嗡嗡嗡嗡嗡嗡嗡嗡嗡嗡嗡嗡嗡嗡
在，船长？
请到餐厅来和我跟轰轰长官会合。我们必须尽快找到解决问题的办法！赶在我们遭受攻击或者被猛烈撞击之前！

几个小时之后

* 舱门打开的声音。

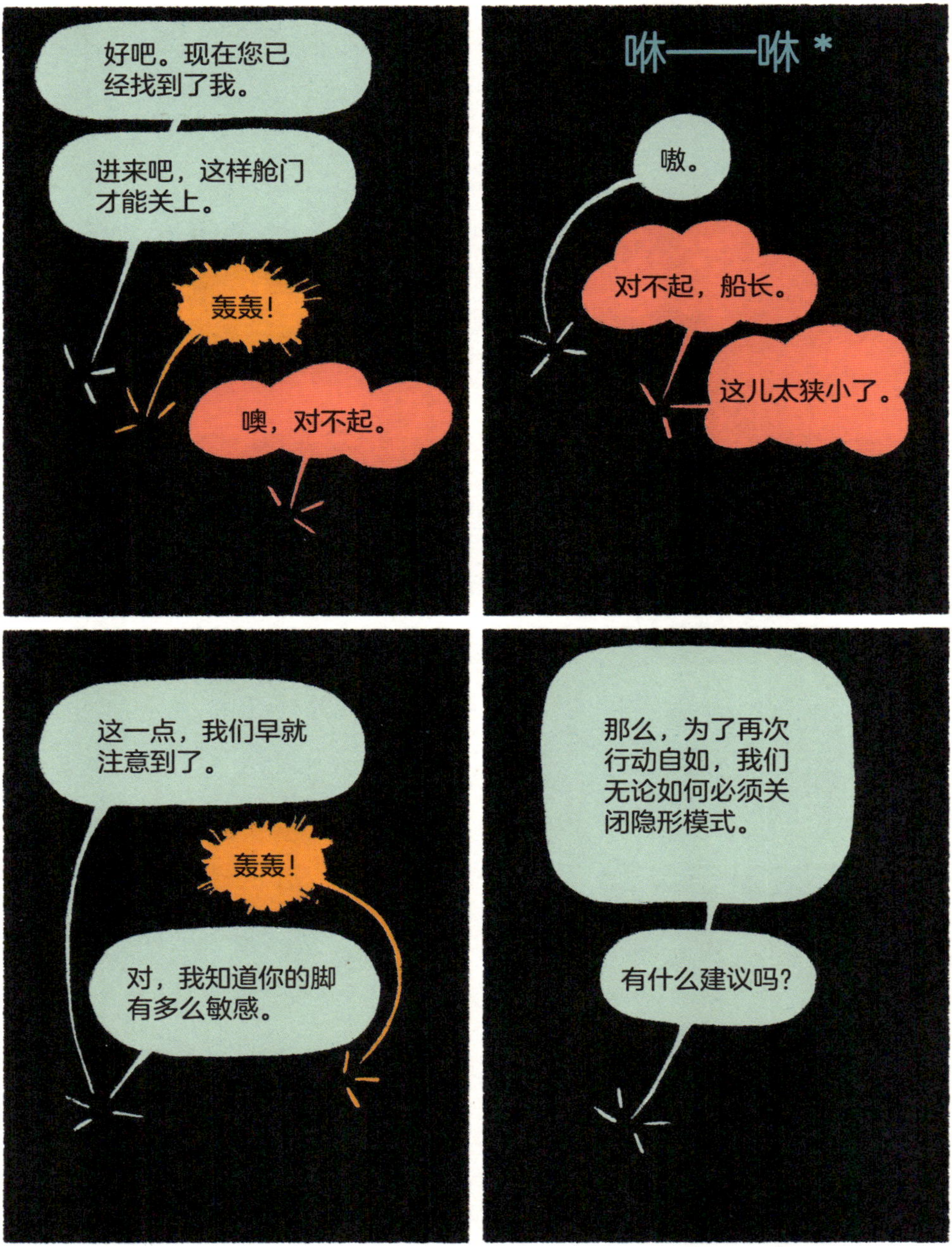
好吧。现在您已经找到了我。
进来吧，这样舱门才能关上。
轰轰！
噢，对不起。
咻——咻*
嗷。
对不起，船长。
这儿太狭小了。
这一点，我们早就注意到了。
轰轰！
对，我知道你的脚有多么敏感。
那么，为了再次行动自如，我们无论如何必须关闭隐形模式。
有什么建议吗？

*舱门关闭的声音。

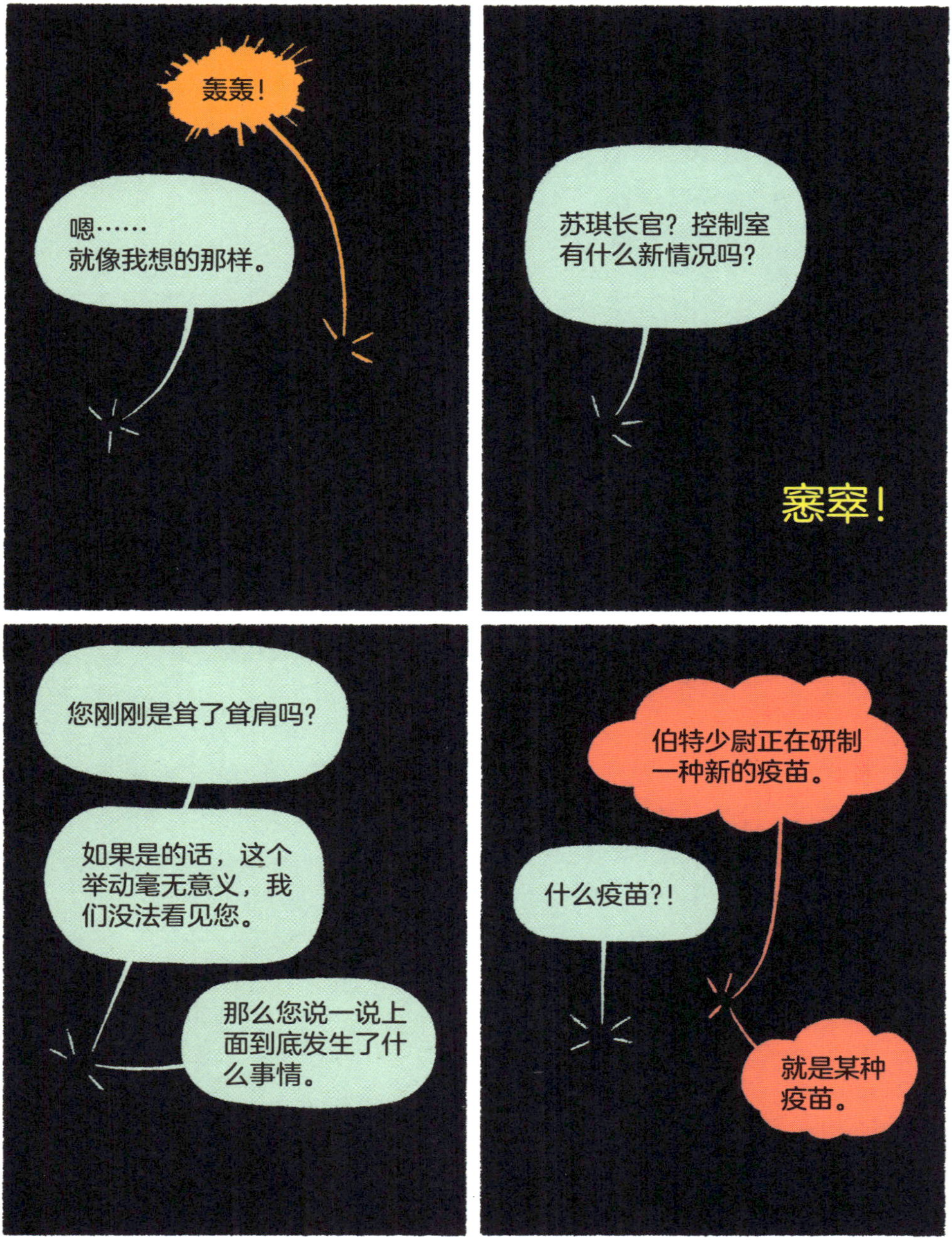

轰轰！
嗯……
就像我想的那样。
苏琪长官？控制室
有什么新情况吗？
窸窣！
您刚刚是耸了耸肩吗？
如果是的话，这个
举动毫无意义，我
们没法看见您。
那么您说一说上
面到底发生了什
么事情。
伯特少尉正在研制
一种新的疫苗。
什么疫苗?!
就是某种
疫苗。

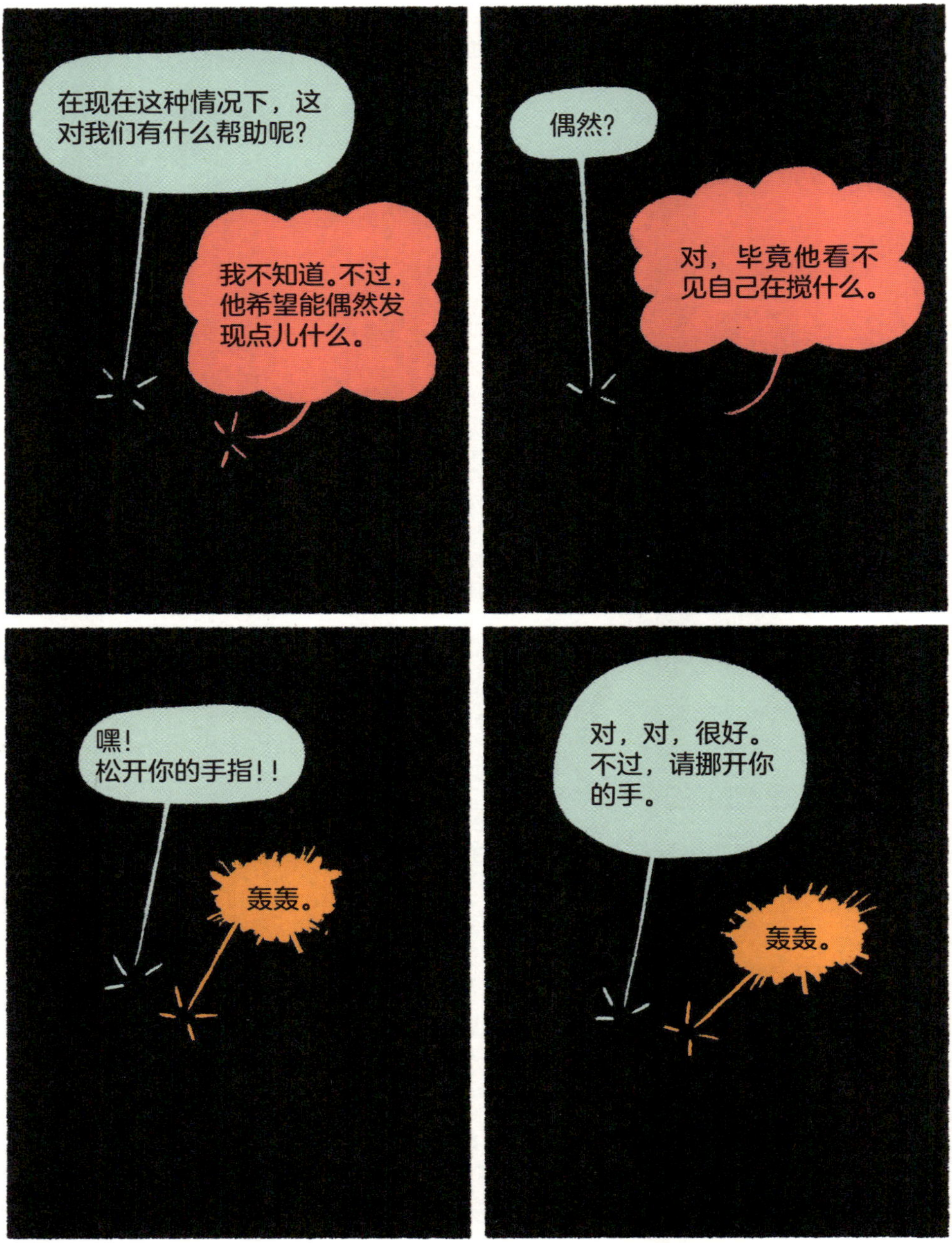
在现在这种情况下，这对我们有什么帮助呢？
我不知道。不过，他希望能偶然发现点儿什么。
偶然？
对，毕竟他看不见自己在搅什么。
嘿！松开你的手指！！
轰轰。
对，对，很好。不过，请挪开你的手。
轰轰。

还有你的脚！
船长？
嗯？什么事？
您还好吗？

好，当然好。我只是在若有所思地看着窗外。
您在想什么？
我在想这里根本没有窗户。
没有窗户？为什么没有窗户？
因为我们根本不在餐厅里。
那我们在哪里？
我们在升降机里。
轰轰。
这倒解释了一些事情。

我们无法取得进展。每多耗费一秒钟，我们的处境就会愈发危急。
轰轰！轰轰！轰轰！轰轰！
轰轰！轰轰！轰轰！轰轰！
他在说什么？
我觉得他在揪一个毛球。
哼哼哼……咻噗！
轰轰？
不，我不想要你的毛球。
轰轰。

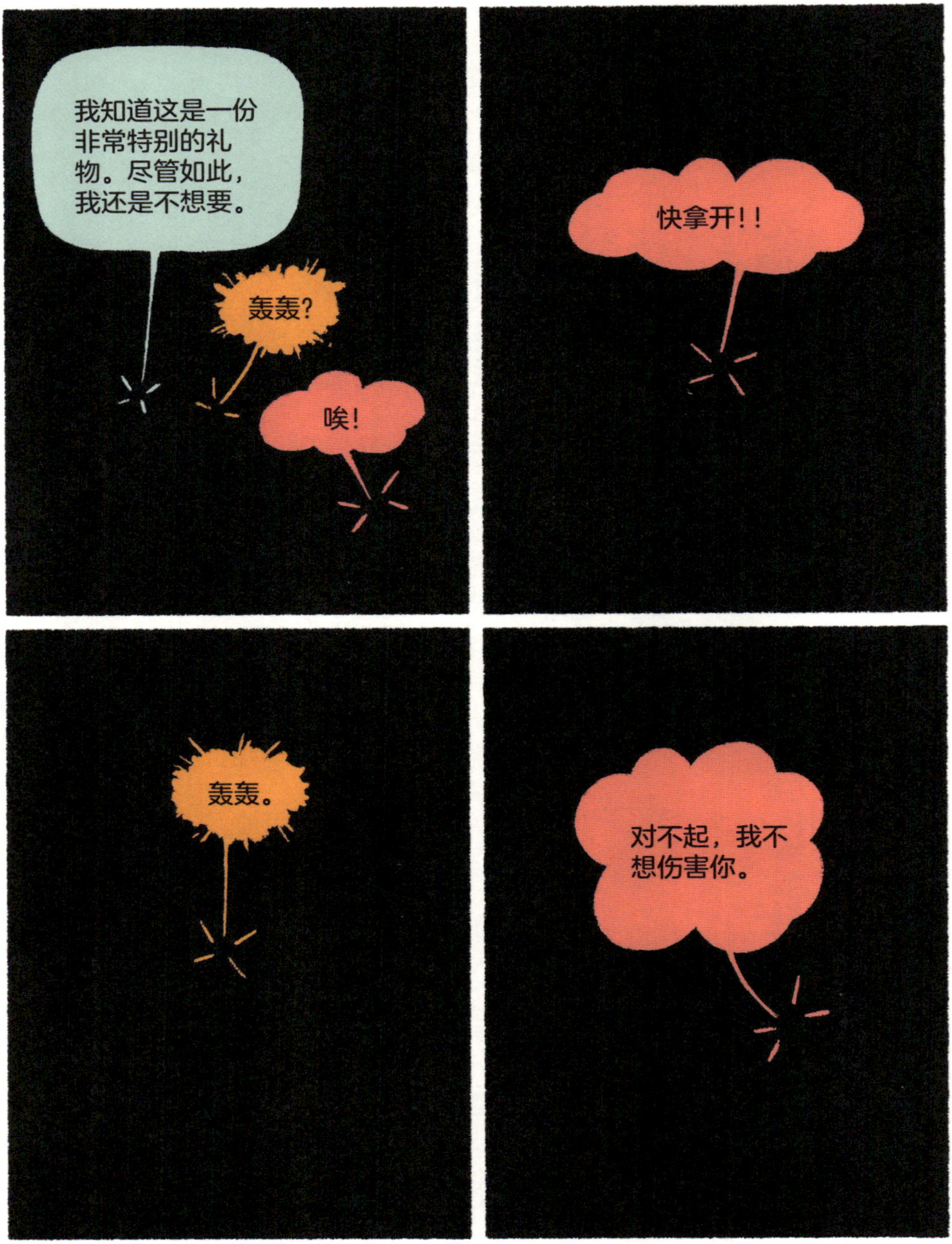
我知道这是一份非常特别的礼物。尽管如此，我还是不想要。
轰轰？
唉！
快拿开！！
轰轰。
对不起，我不想伤害你。

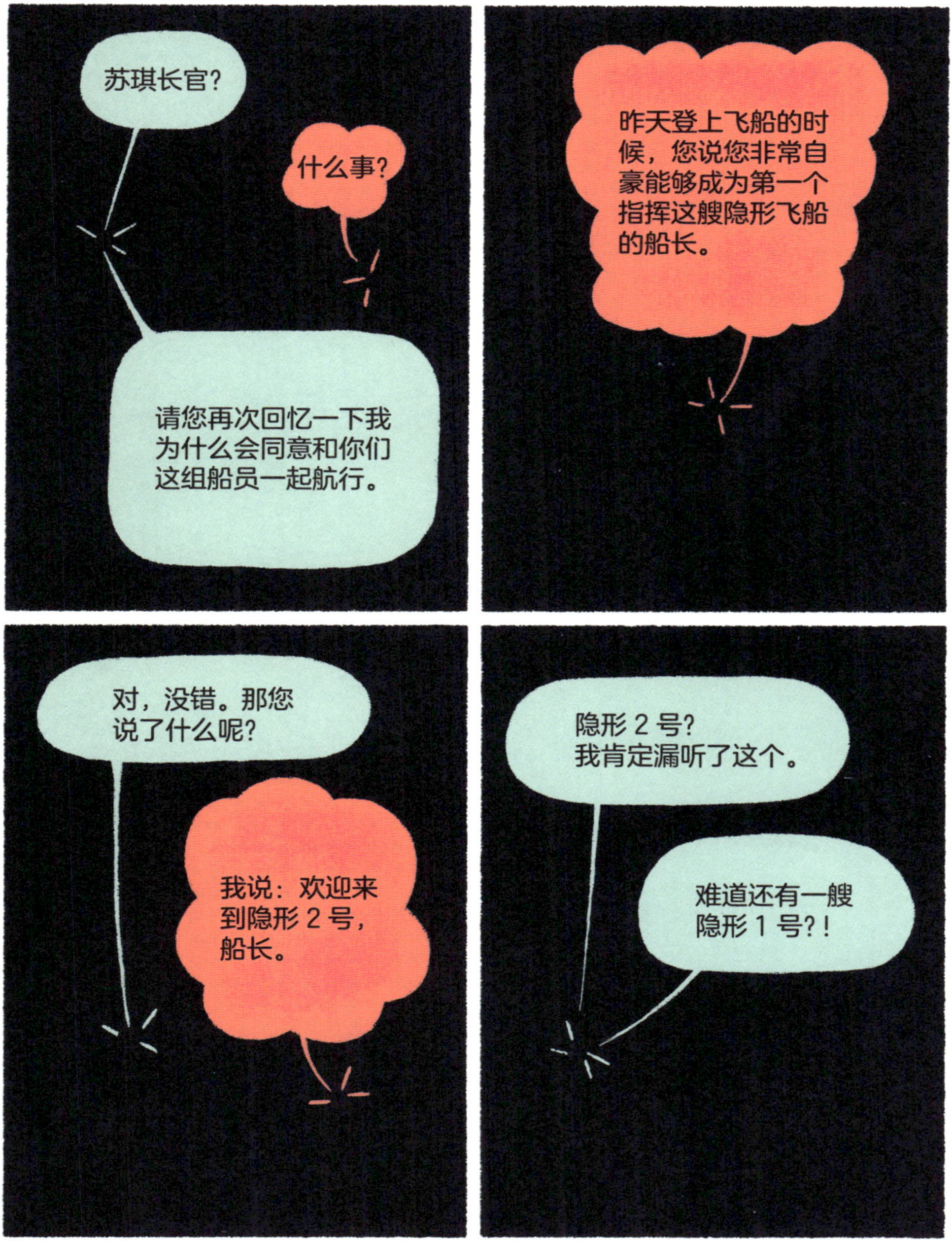
苏琪长官？
什么事？
请您再次回忆一下我为什么会同意和你们这组船员一起航行。
昨天登上飞船的时候，您说您非常自豪能够成为第一个指挥这艘隐形飞船的船长。
对，没错。那您说了什么呢？
我说：欢迎来到隐形 2 号，船长。
隐形 2 号？我肯定漏听了这个。
难道还有一艘隐形 1 号？！

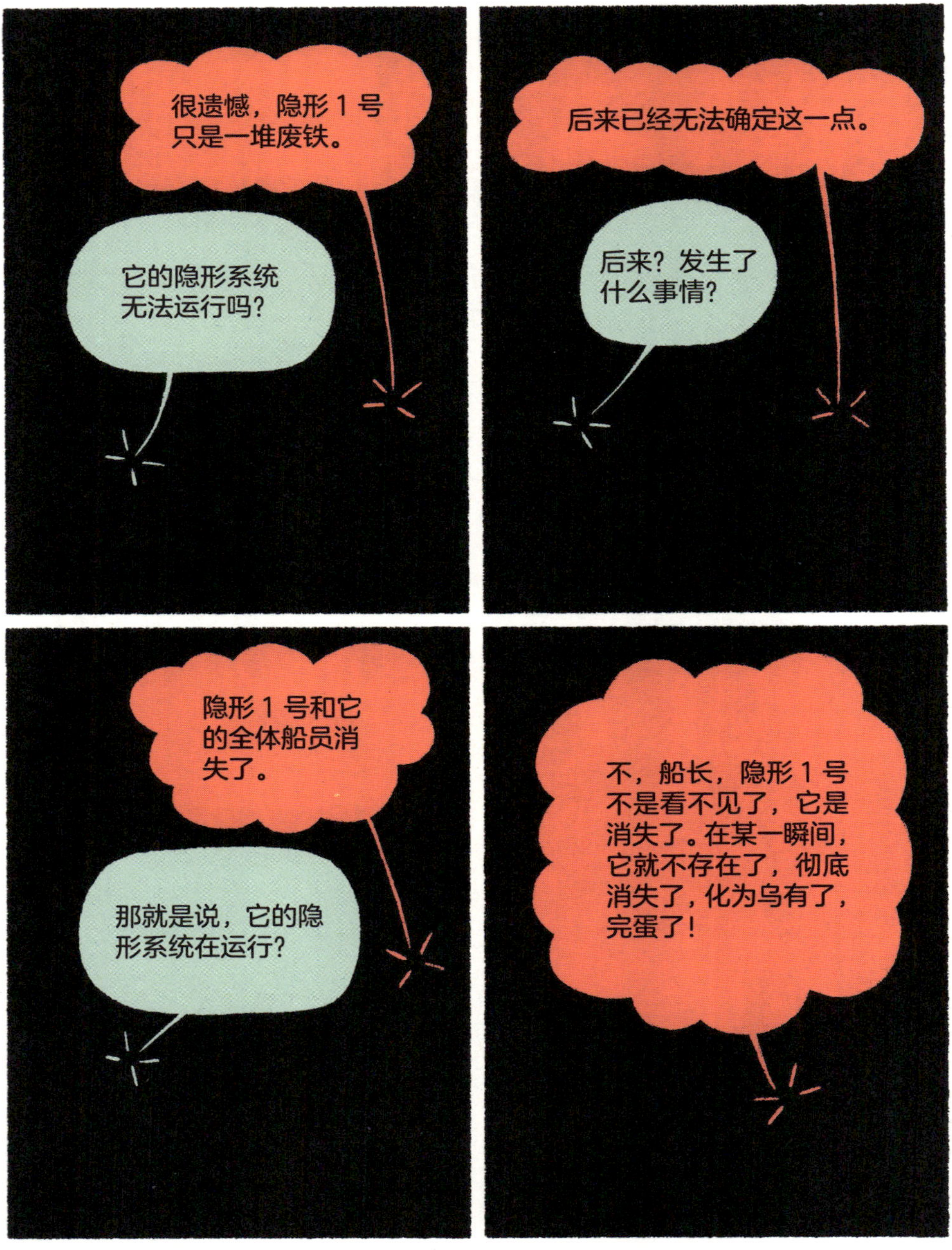
很遗憾，隐形 1 号只是一堆废铁。
它的隐形系统无法运行吗？
后来已经无法确定这一点。
后来？发生了什么事情？
隐形 1 号和它的全体船员消失了。
那就是说，它的隐形系统在运行？
不，船长，隐形 1 号不是看不见了，它是消失了。在某一瞬间，它就不存在了，彻底消失了，化为乌有了，完蛋了！

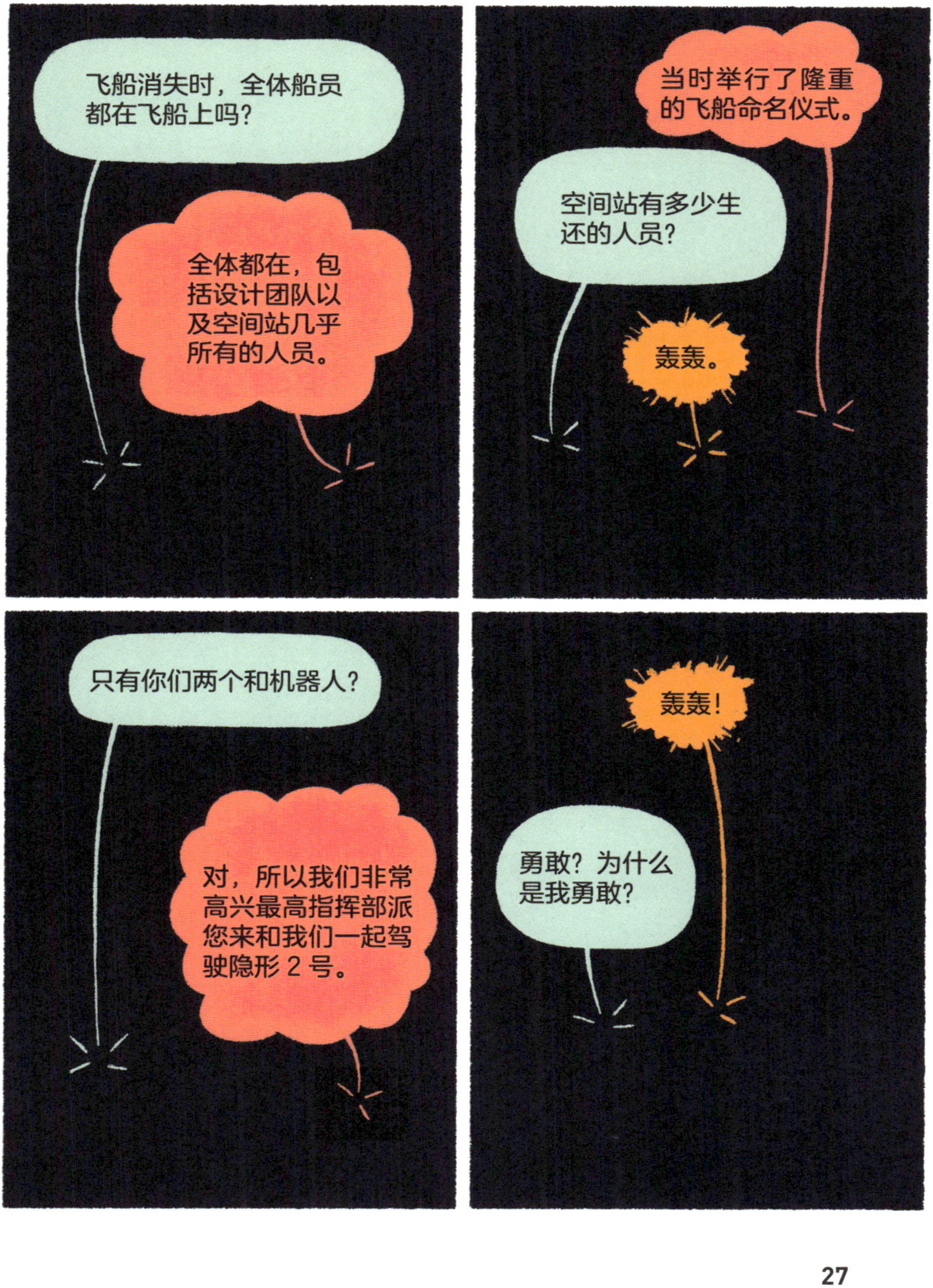
飞船消失时，全体船员都在飞船上吗？
全体都在，包括设计团队以及空间站几乎所有的人员。
当时举行了隆重的飞船命名仪式。
空间站有多少生还的人员？
轰轰。
只有你们两个和机器人？
对，所以我们非常高兴最高指挥部派您来和我们一起驾驶隐形 2 号。
轰轰！
勇敢？为什么是我勇敢？

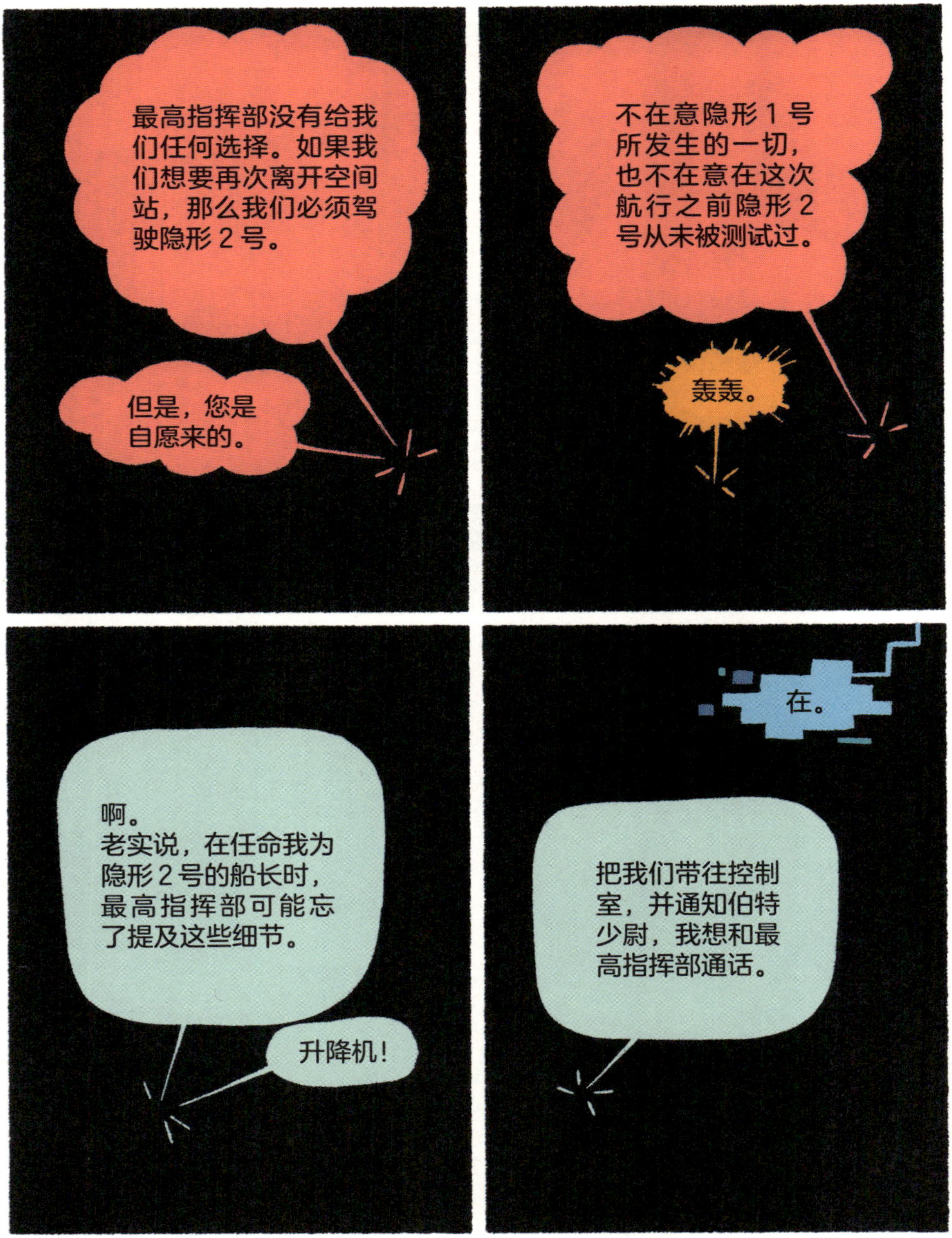
最高指挥部没有给我们任何选择。如果我们想要再次离开空间站，那么我们必须驾驶隐形 2 号。
但是，您是自愿来的。
不在意隐形 1 号所发生的一切，也不在意在这次航行之前隐形 2 号从未被测试过。
轰轰。
啊。
老实说，在任命我为隐形 2 号的船长时，最高指挥部可能忘了提及这些细节。
升降机！
在。
把我们带往控制室，并通知伯特少尉，我想和最高指挥部通话。

回到控制室

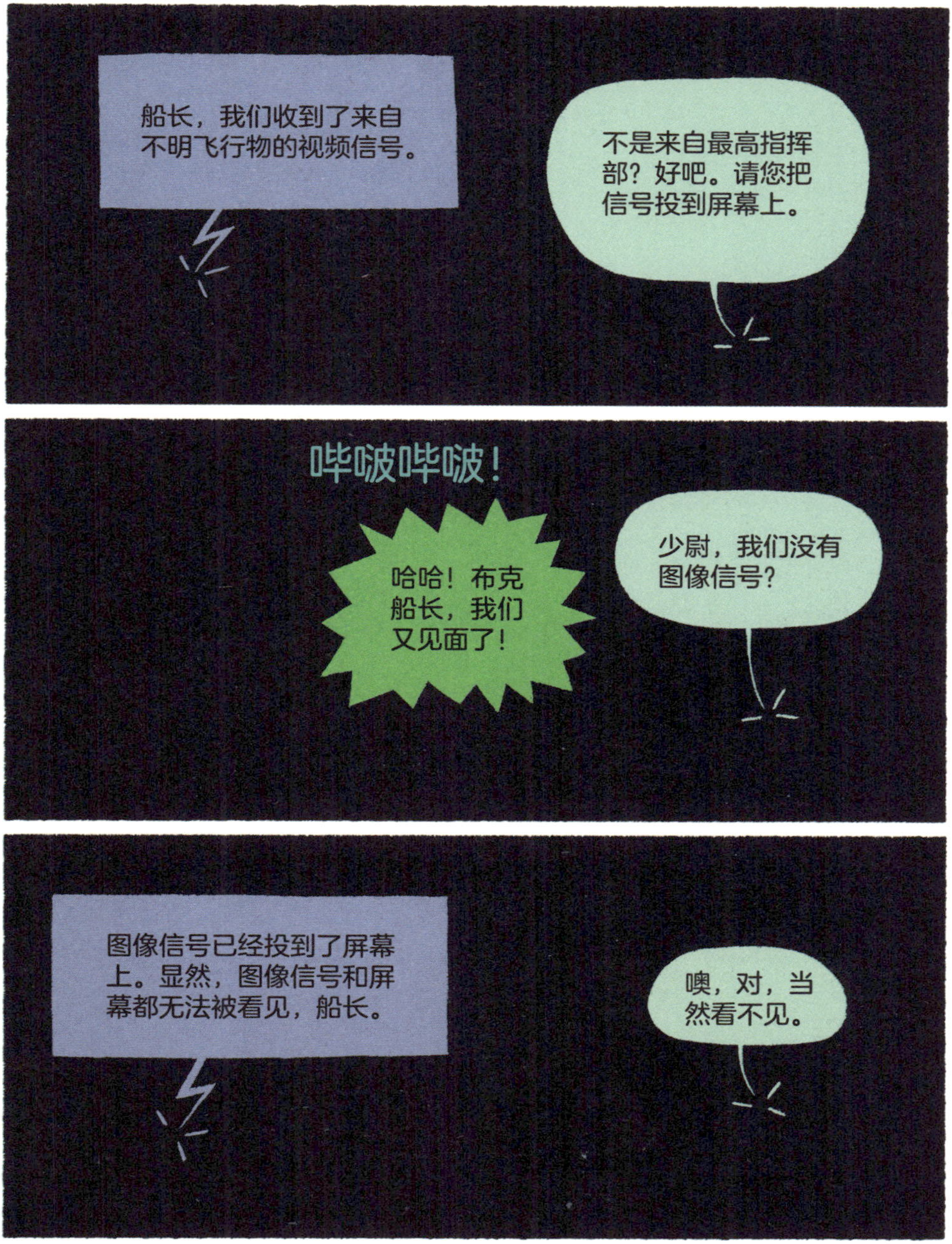
船长，我们收到了来自不明飞行物的视频信号。
不是来自最高指挥部？好吧。请您把信号投到屏幕上。
哔啵哔啵！
哈哈！布克船长，我们又见面了！
少尉，我们没有图像信号？
图像信号已经投到了屏幕上。显然，图像信号和屏幕都无法被看见，船长。
噢，对，当然看不见。

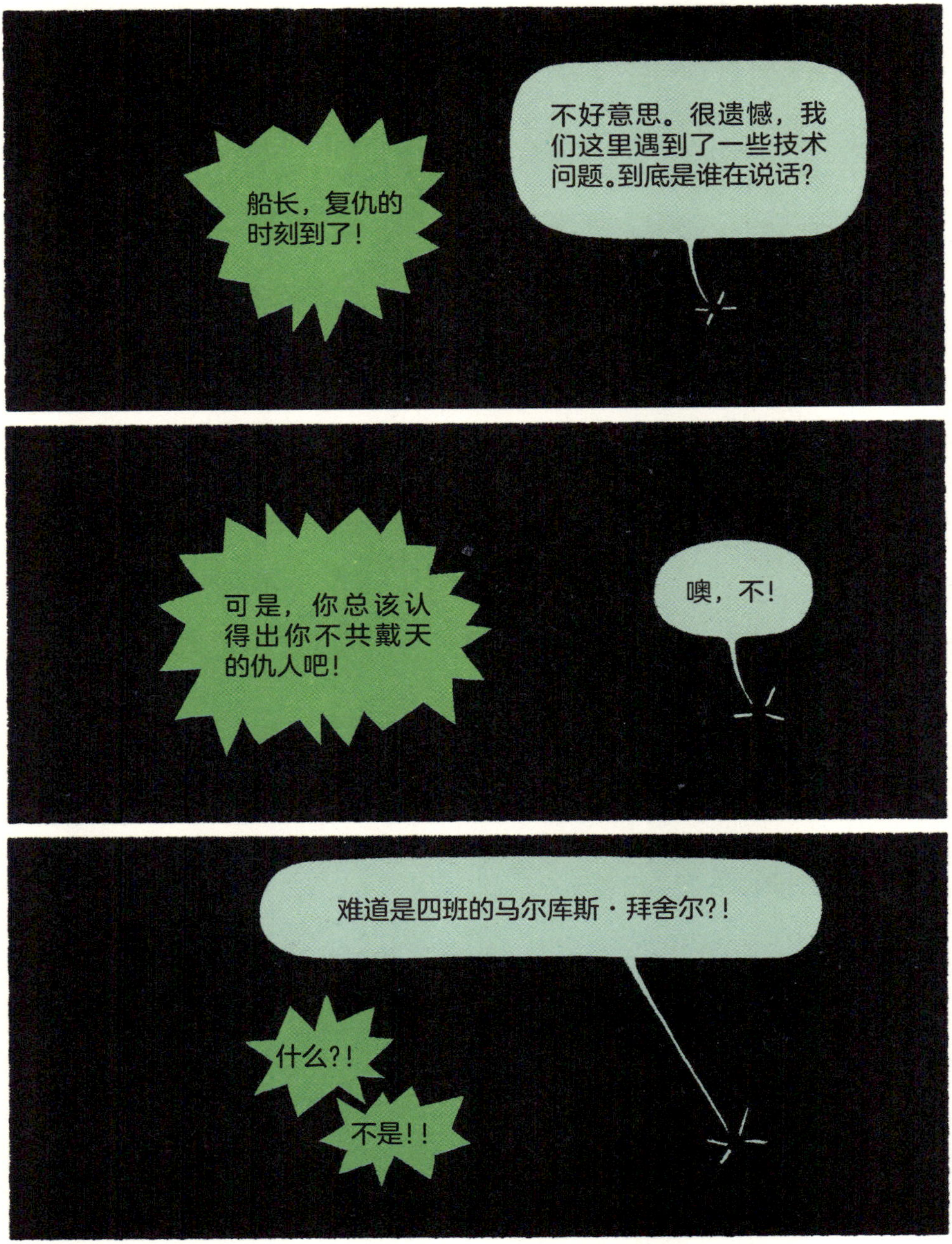
船长，复仇的时刻到了！
不好意思。很遗憾，我们这里遇到了一些技术问题。到底是谁在说话？
可是，你总该认得出你不共戴天的仇人吧！
噢，不！
难道是四班的马尔库斯·拜舍尔?！
什么?！
不是!！

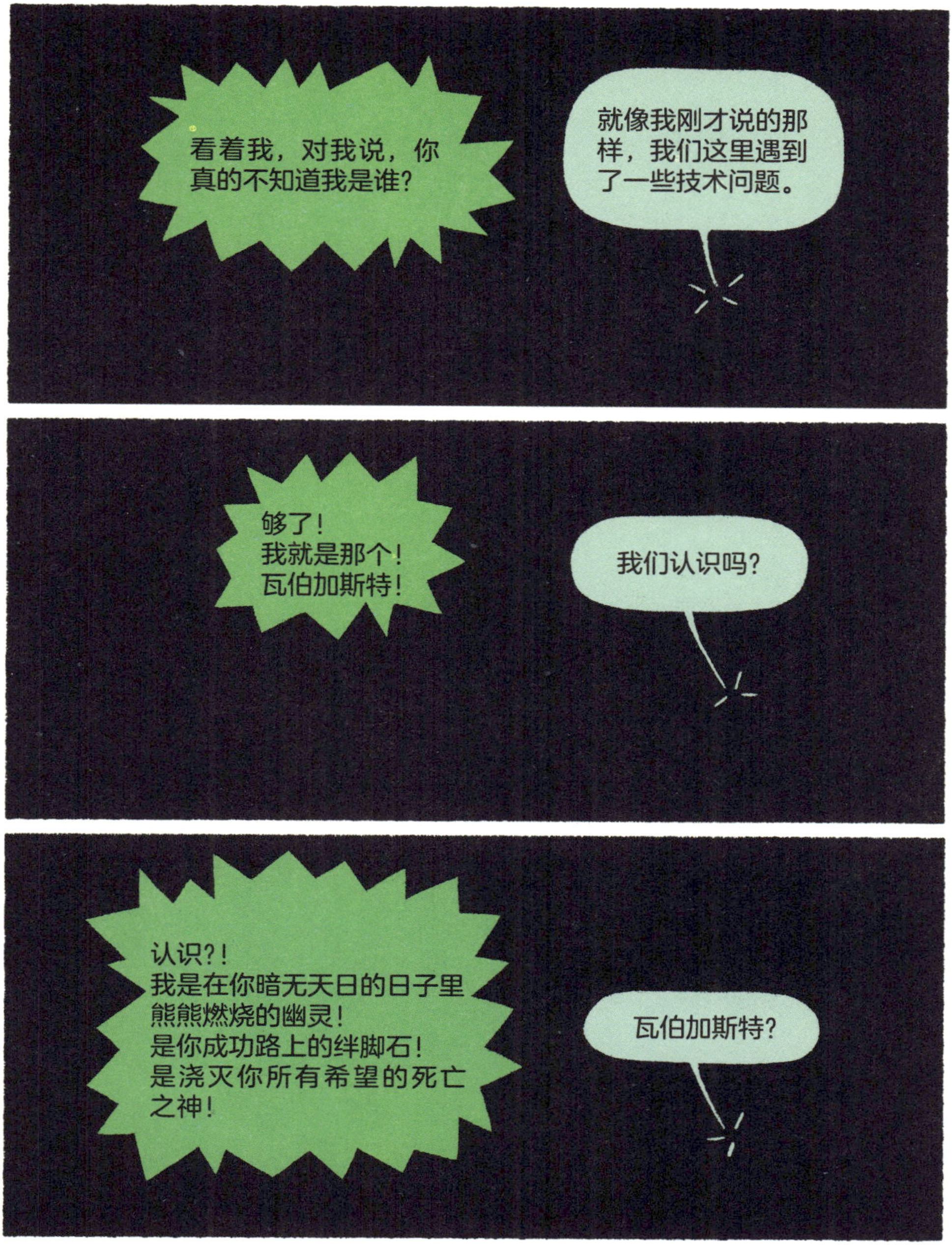
看着我，对我说，你真的不知道我是谁？
就像我刚才说的那样，我们这里遇到了一些技术问题。
够了！我就是那个！瓦伯加斯特！
我们认识吗？
认识？！我是在你暗无天日的日子里熊熊燃烧的幽灵！是你成功路上的绊脚石！是浇灭你所有希望的死亡之神！
瓦伯加斯特？

对！
哈哈！
不，很遗憾。我真的对这个名字一无所知。少尉，您呢？
一无所知，船长。
我也是，船长。
轰轰。
也许，您认错人了？

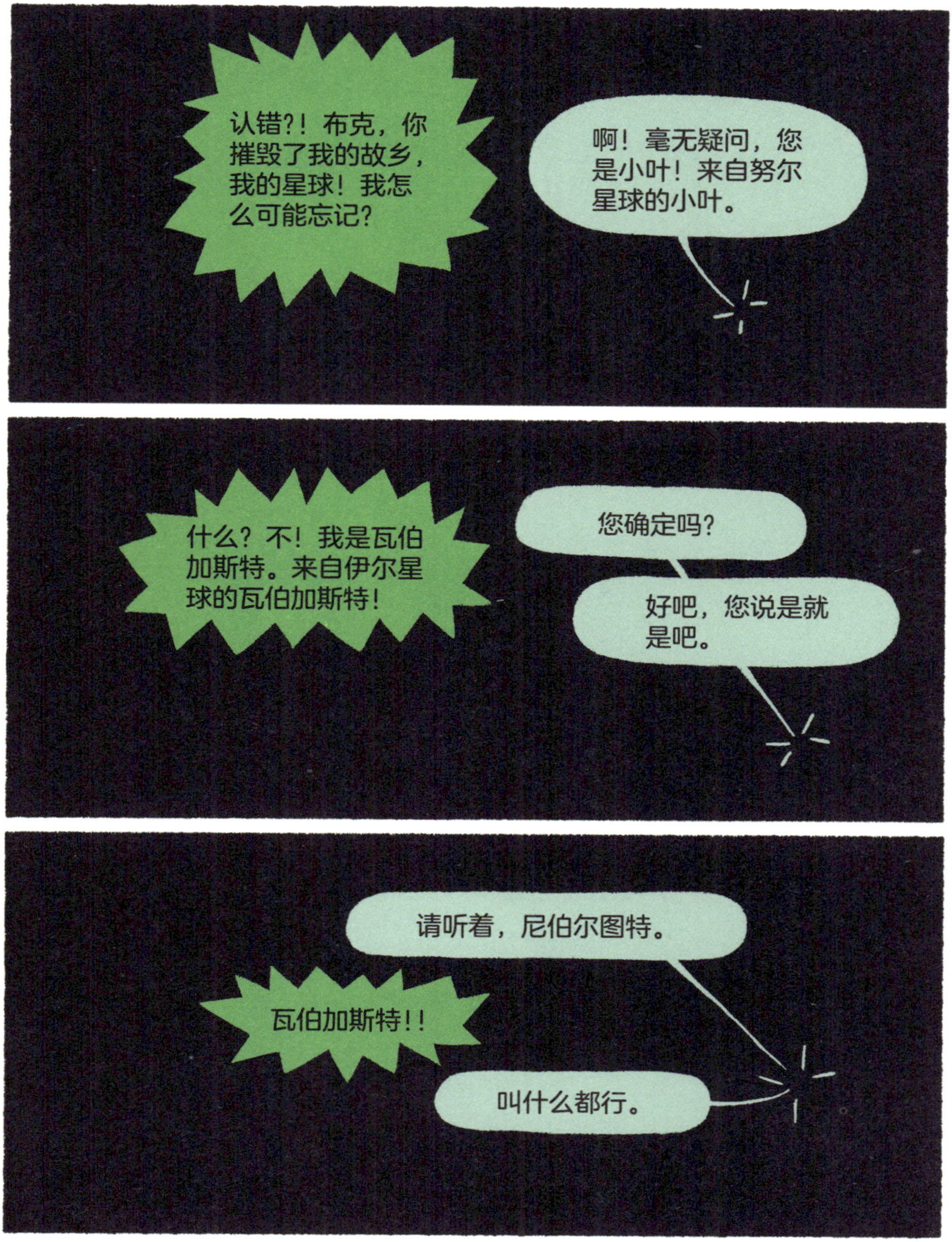
认错?!布克，你摧毁了我的故乡，我的星球！我怎么可能忘记?
啊！毫无疑问，您是小叶！来自努尔星球的小叶。
什么？不！我是瓦伯加斯特。来自伊尔星球的瓦伯加斯特！
您确定吗?
好吧，您说是就是吧。
请听着，尼伯尔图特。
瓦伯加斯特!!
叫什么都行。

可惜我真的不记得我摧毁了您的星球。不过，我非常确定，我从来没有干过坏事。
很遗憾。
现在我们是朋友了吗？

朋友?！我们从来都不是朋友！我们是敌人，布克船长，我们是敌人！
我亲爱的朋友，很抱歉您这么认为。
不过，老实说，我们这里的确遇到了一些小问题。
您会不会碰巧知道怎样才能关闭一个看不见的隐形系统?

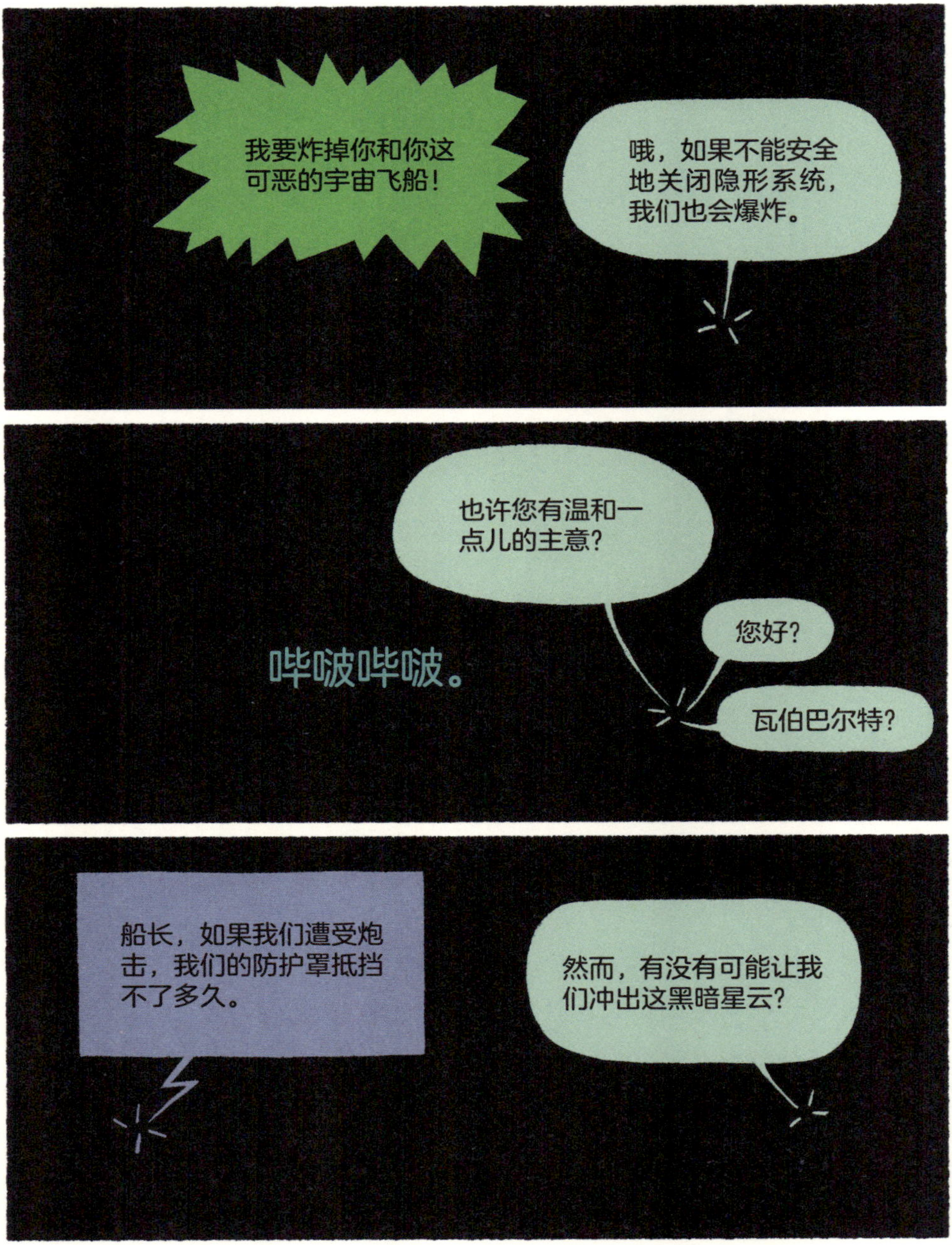
我要炸掉你和你这可恶的宇宙飞船！
哦，如果不能安全地关闭隐形系统，我们也会爆炸。
也许您有温和一点儿的主意？
哔啵哔啵。
您好？
瓦伯巴尔特？
船长，如果我们遭受炮击，我们的防护罩抵挡不了多久。
然而，有没有可能让我们冲出这黑暗星云？

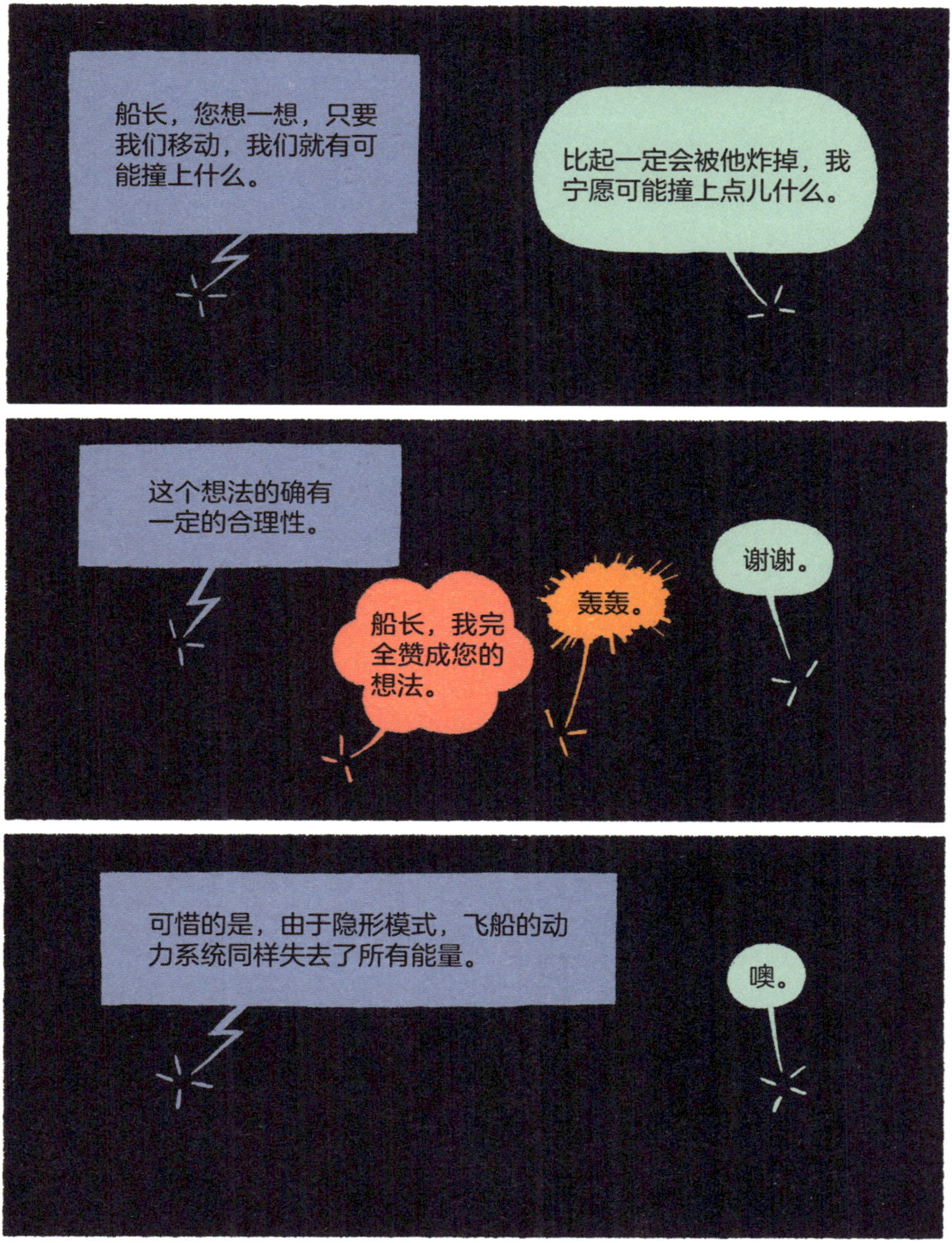
船长，您想一想，只要我们移动，我们就有可能撞上什么。
比起一定会被他炸掉，我宁愿可能撞上点儿什么。
这个想法的确有一定的合理性。
船长，我完全赞成您的想法。
轰轰。
谢谢。
可惜的是，由于隐形模式，飞船的动力系统同样失去了所有能量。
噢。

呜呜呜！
您怎么做到的？！

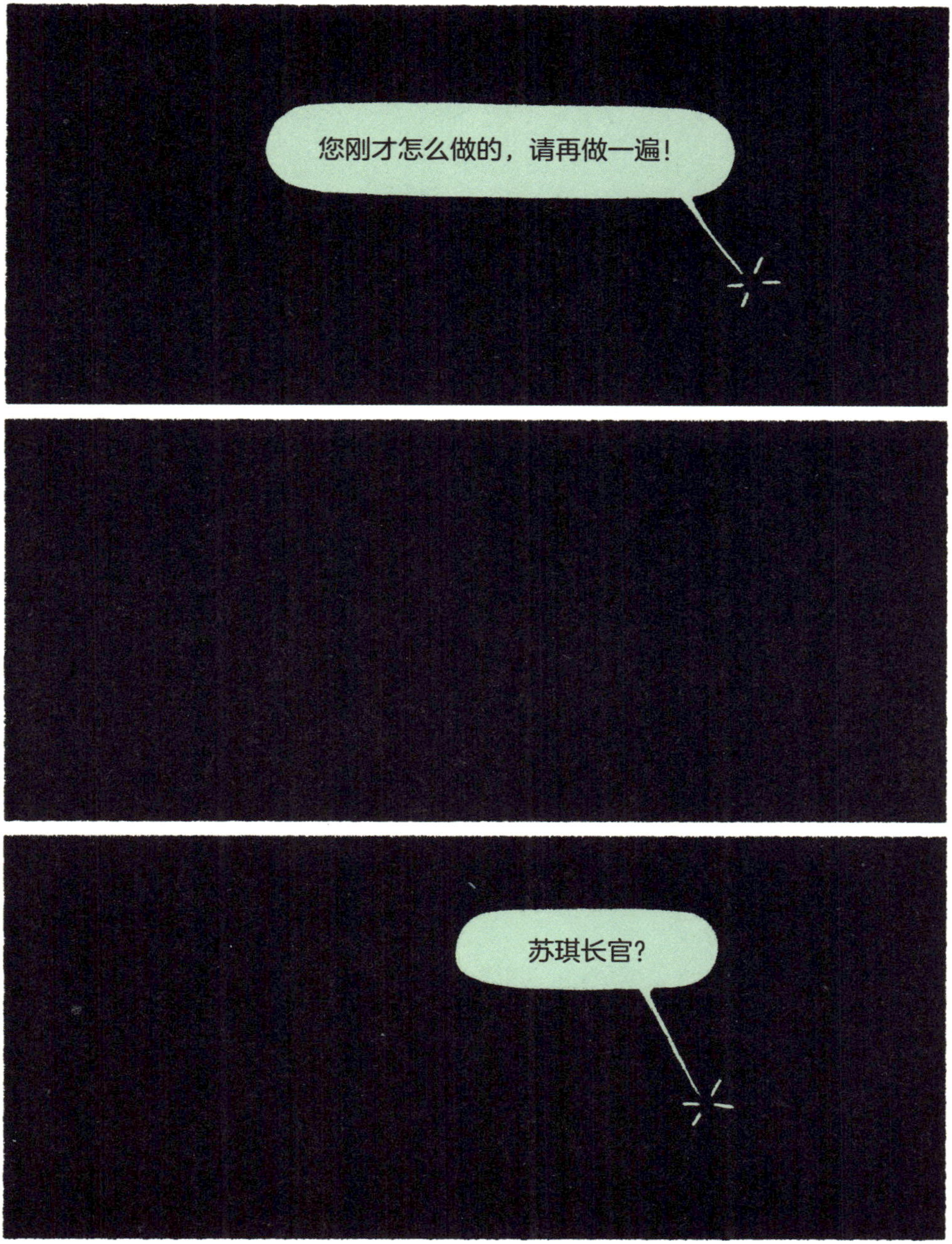
您刚才怎么做的，请再做一遍！
苏琪长官？

船长，我什么也没做。
伯特少尉？

船长，我同样什么也没做。显然，隐形系统有一个……松动触点。
一个松动触点？

直截了当地说。
谢谢。直截了当，很好。我们能利用这个……松动触点吗？

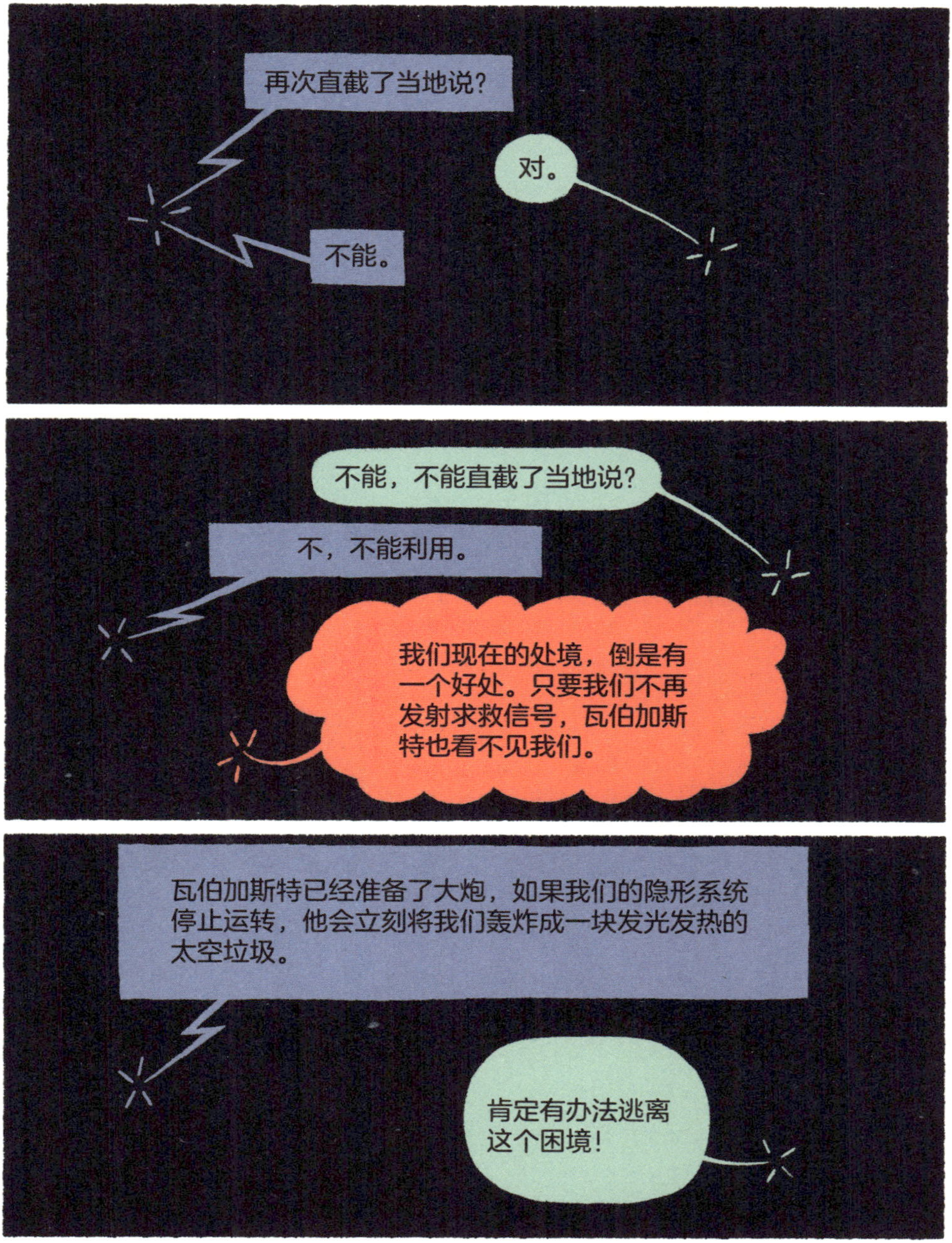
再次直截了当地说？
对。
不能。
不能，不能直截了当地说？
不，不能利用。
我们现在的处境，倒是有一个好处。只要我们不再发射求救信号，瓦伯加斯特也看不见我们。
瓦伯加斯特已经准备了大炮，如果我们的隐形系统停止运转，他会立刻将我们轰炸成一块发光发热的太空垃圾。
肯定有办法逃离这个困境！

轰轰！
轰轰！
轰轰！
轰轰！

再来一个毛球？
不。轰轰长官建议，点燃火箭，手动紧急着陆。

紧急着陆？
轰轰！
当然不行！我们得留着火箭当备用发动器。

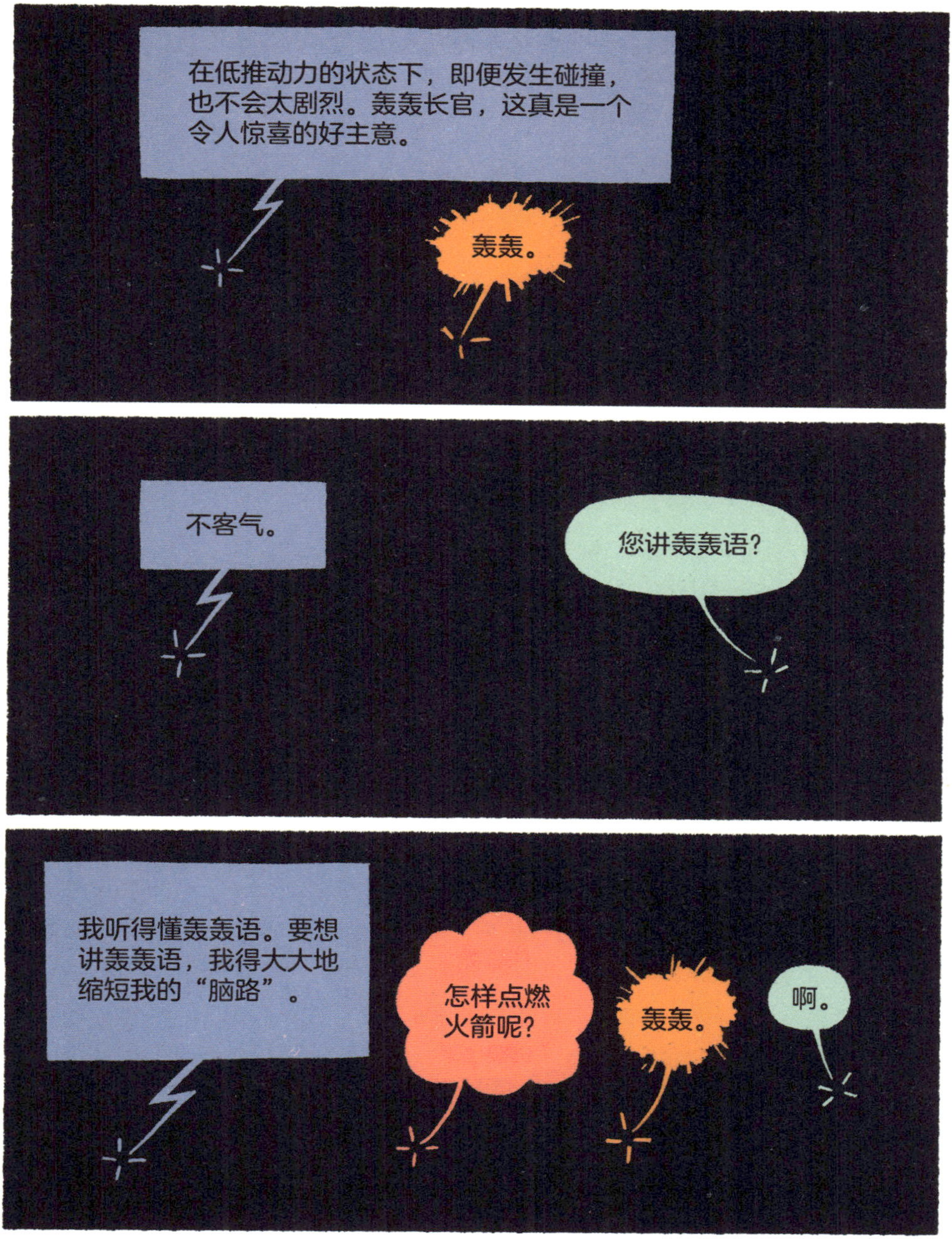
在低推动力的状态下，即便发生碰撞，也不会太剧烈。轰轰长官，这真是一个令人惊喜的好主意。
轰轰。
不客气。
您讲轰轰语？
我听得懂轰轰语。要想讲轰轰语，我得大大地缩短我的“脑路”。
怎样点燃火箭呢？
轰轰。
啊。

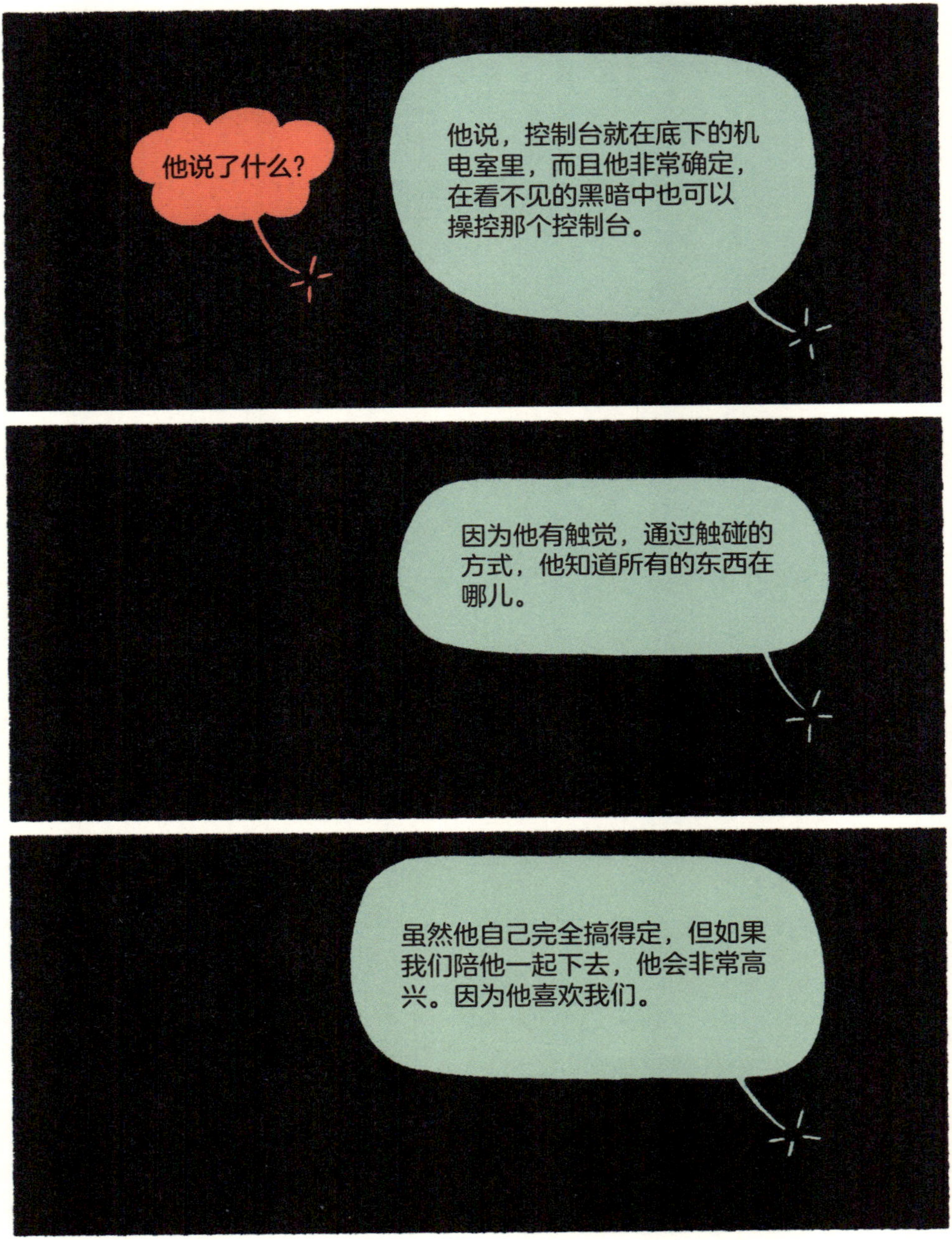
他说了什么？
他说，控制台就在底下的机电室里，而且他非常确定，在看不见的黑暗中也可以操控那个控制台。
因为他有触觉，通过触碰的方式，他知道所有的东西在哪儿。
虽然他自己完全搞得定，但如果我们陪他一起下去，他会非常高兴。因为他喜欢我们。

他这么说的？
轰轰。
差不多。

又来到了下面

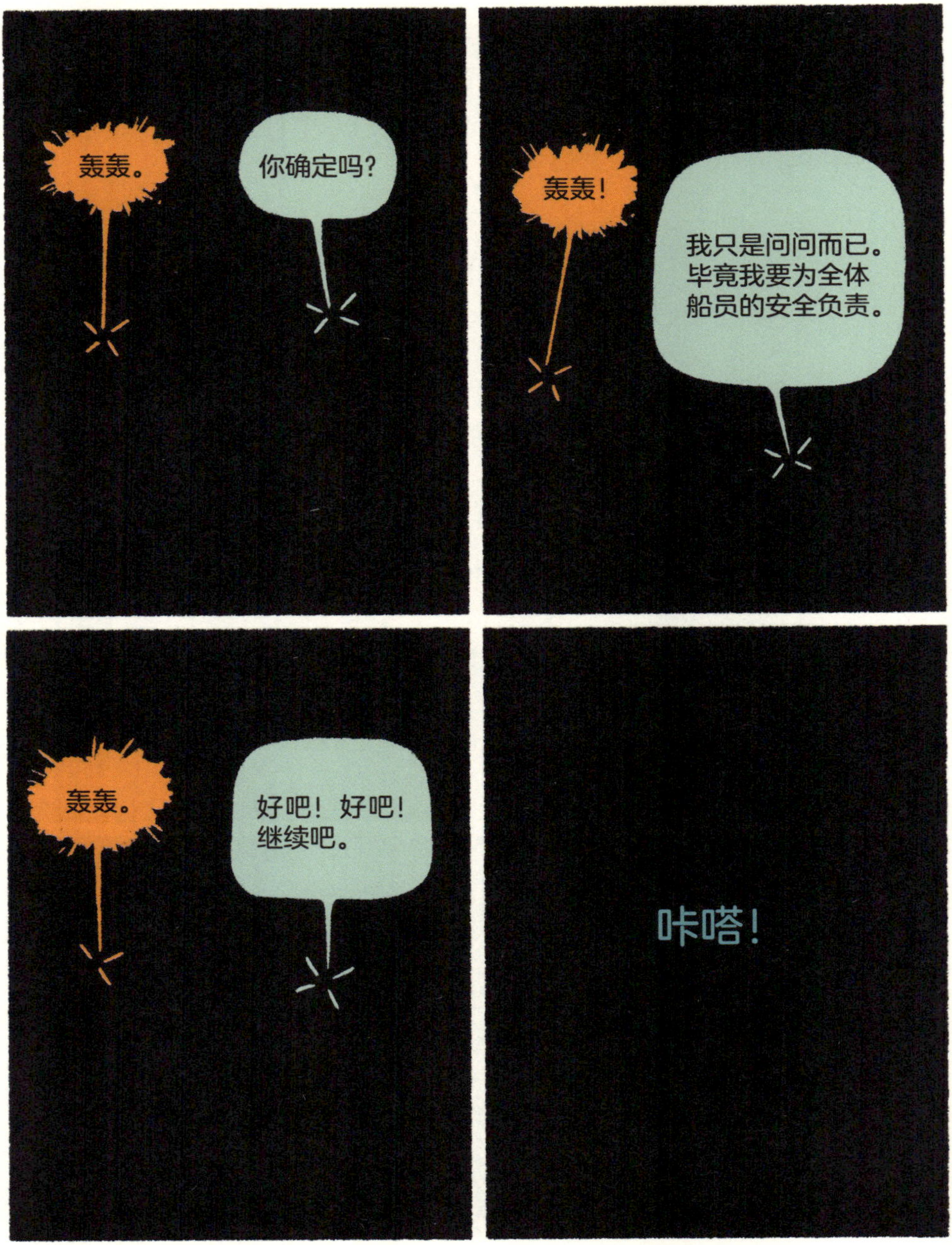

呼呼呼
嗷啊！！
轰轰！关掉这讨厌的通风装置！
呼呼呼
轰轰。
我不管你是不是横着悬在空中！
轰轰！
你的手在忙，那就用你的脚。

呼呼呼
船长！我抓不住了！
伯特少尉！快启动您的紧急磁场！
呼呼呼
船长，我已启动。
然后呢?!
我紧紧地贴在了地板上。
哎哟！
苏琪！

呼呼呼
哎哟！
抓紧我别松手！
啪嚓！
呼呼呼
船长，您救了我！
啊！快放开
我的耳朵！
如果我松开了，
我就会飞速撞向
船壁！
轰轰！快做
点儿什么！

呼呼呼
轰轰！
我不管你的左脚是不是不舒服！
快按下去！！！
呼
咔嗒！
噢，噢。

轰轰！
咣！
砰！
咯噔！
哗啦！
吁！
扑棱！
船长，对不起！
轰轰长官，下次请只按那个你真的确定能够点燃火箭的按钮。
轰轰。
谢谢。
啪嗒！

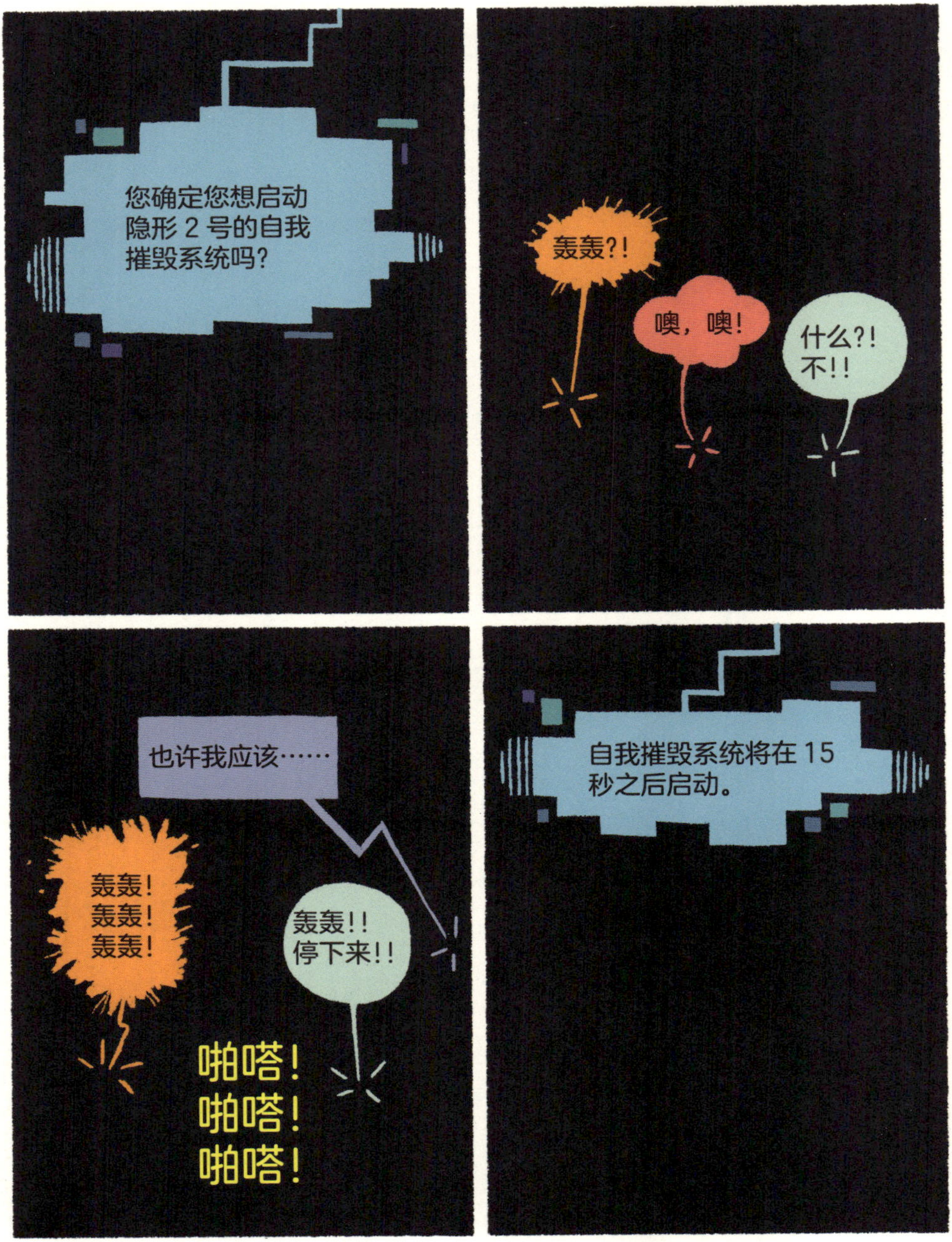
您确定您想启动隐形 2 号的自我摧毁系统吗?
轰轰?!
噢，噢!
什么?!不!!
也许我应该……
轰轰!轰轰!轰轰!
轰轰!!停下来!!
啪嗒!啪嗒!啪嗒!
自我摧毁系统将在 15 秒之后启动。

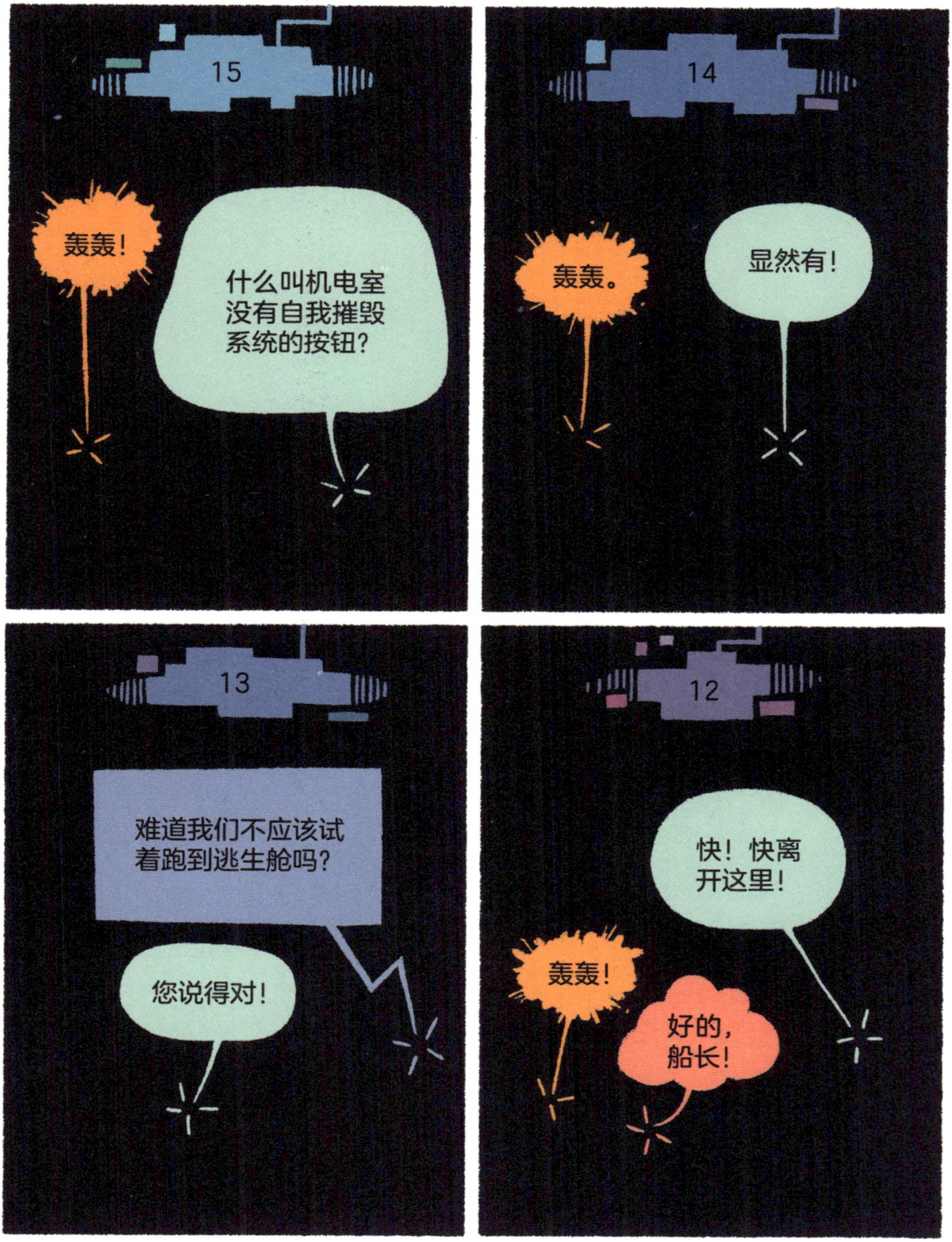
15
轰轰！
什么叫机电室没有自我摧毁系统的按钮？
14
轰轰。
显然有！
13
难道我们不应该试着跑到逃生舱吗？
您说得对！
12
快！快离开这里！
轰轰！
好的，船长！

11
嘭嘭！！
嘣！
10
船长？
嗯。
9
伯特少尉？
好像船长的头撞到了我的认知和自动控制装置。
嗷嗷嗷。
8
情况严重吗？
恐怕就像你们人类说的那样，我要死了。
噢，我的头。

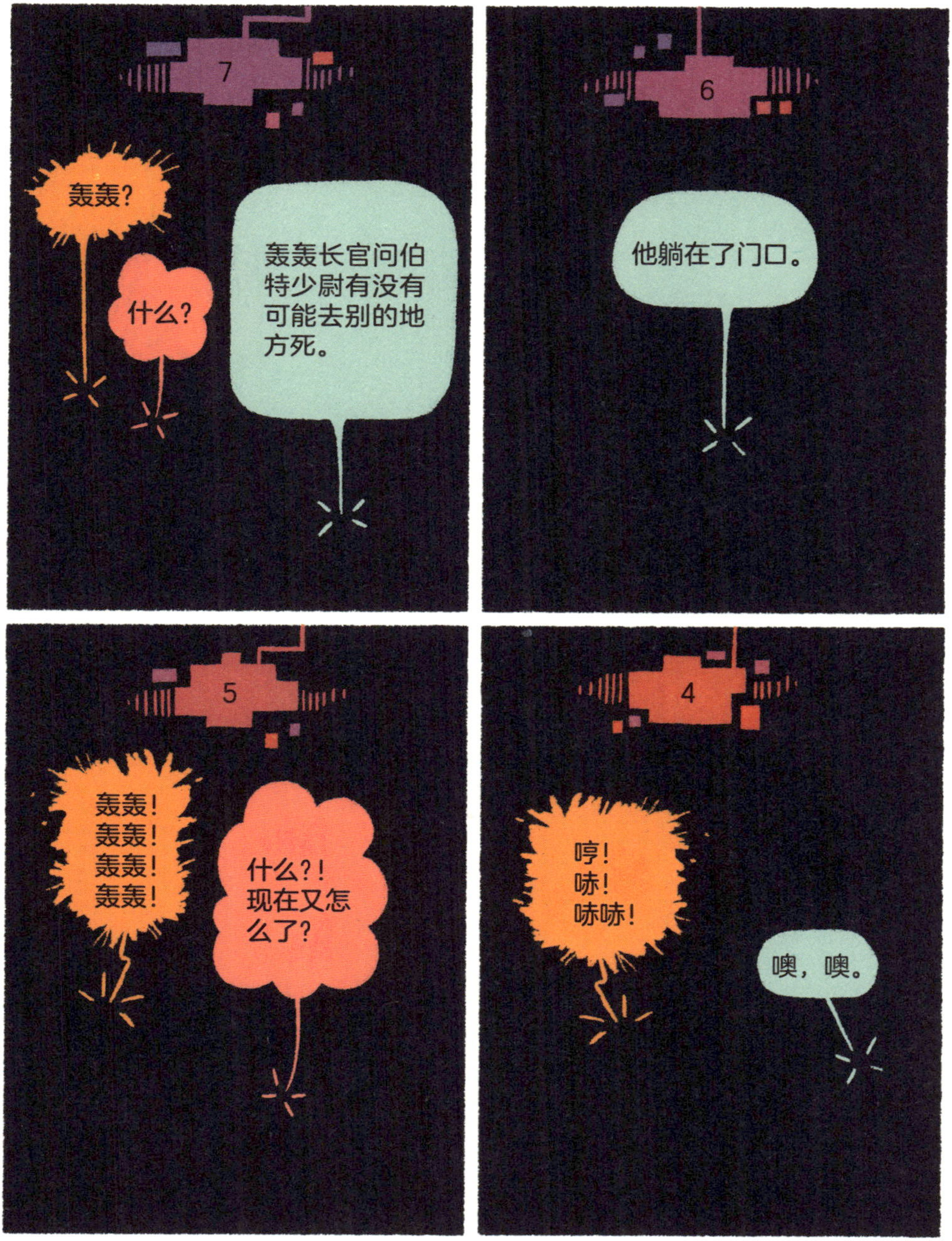
7
轰轰?
什么?
轰轰长官问伯特少尉有没有可能去别的地方死。
6
他躺在了门口。
5
轰轰！轰轰！轰轰！轰轰！
什么?！现在又怎么了?
4
哼！哧！哧哧！
噢，噢。

3
哧……噗！
呀！
2
啊！
什么玩意粘在了我的脖子上！
1
轰轰。
他说什么？
嗯

砰!

完

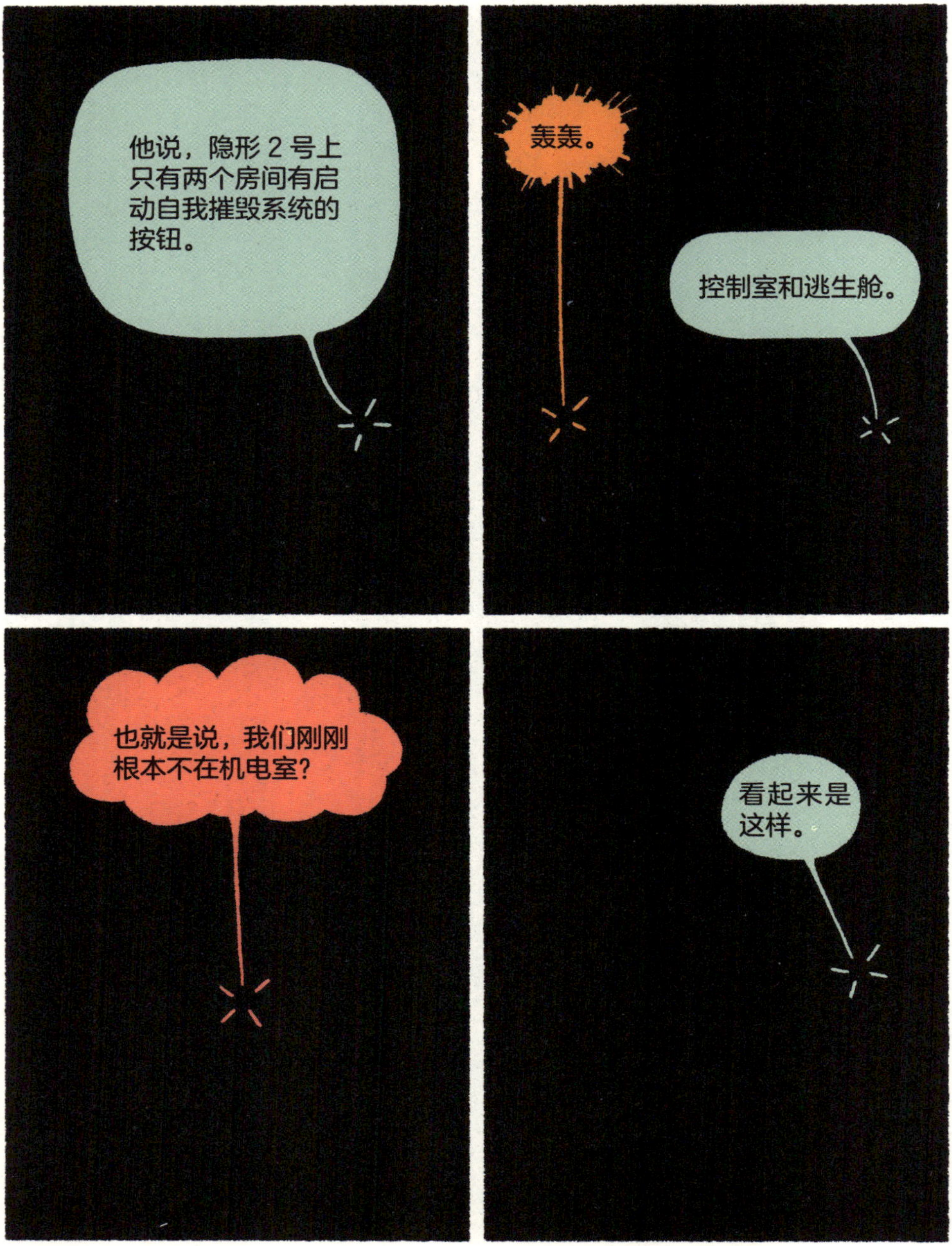
他说，隐形 2 号上只有两个房间有启动自我摧毁系统的按钮。
轰轰。
控制室和逃生舱。
也就是说，我们刚刚根本不在机电室？
看起来是这样。

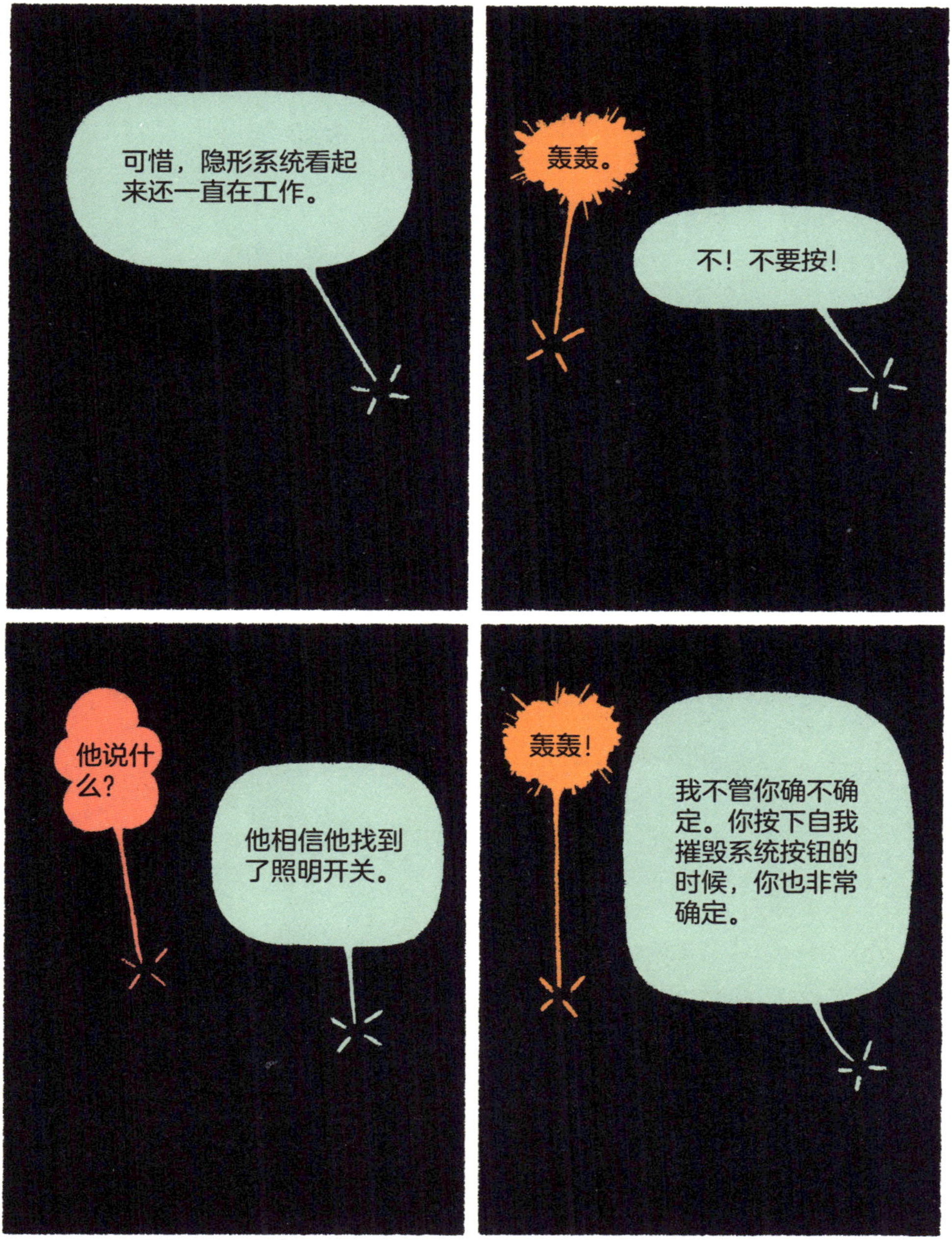
可惜，隐形系统看起来还一直在工作。
轰轰。
不！不要按！
他说什么？
他相信他找到了照明开关。
轰轰！
我不管你确不确定。你按下自我摧毁系统按钮的时候，你也非常确定。

而且现在还
什么也看
不见。
轰轰。
不要按！！！
轰轰？！
我知道，你没有
说过同样的话。
轰轰！
什么叫不管
怎样，你都
要做？
啪嗒！

嗞！
噢。
好吧。

苏琪长官，启动
防护罩！
遵命，船长！
轰轰长官？
轰轰？
干得漂亮。
轰轰。
对。在我看来，你可以修好
伯特少尉损坏的装置。

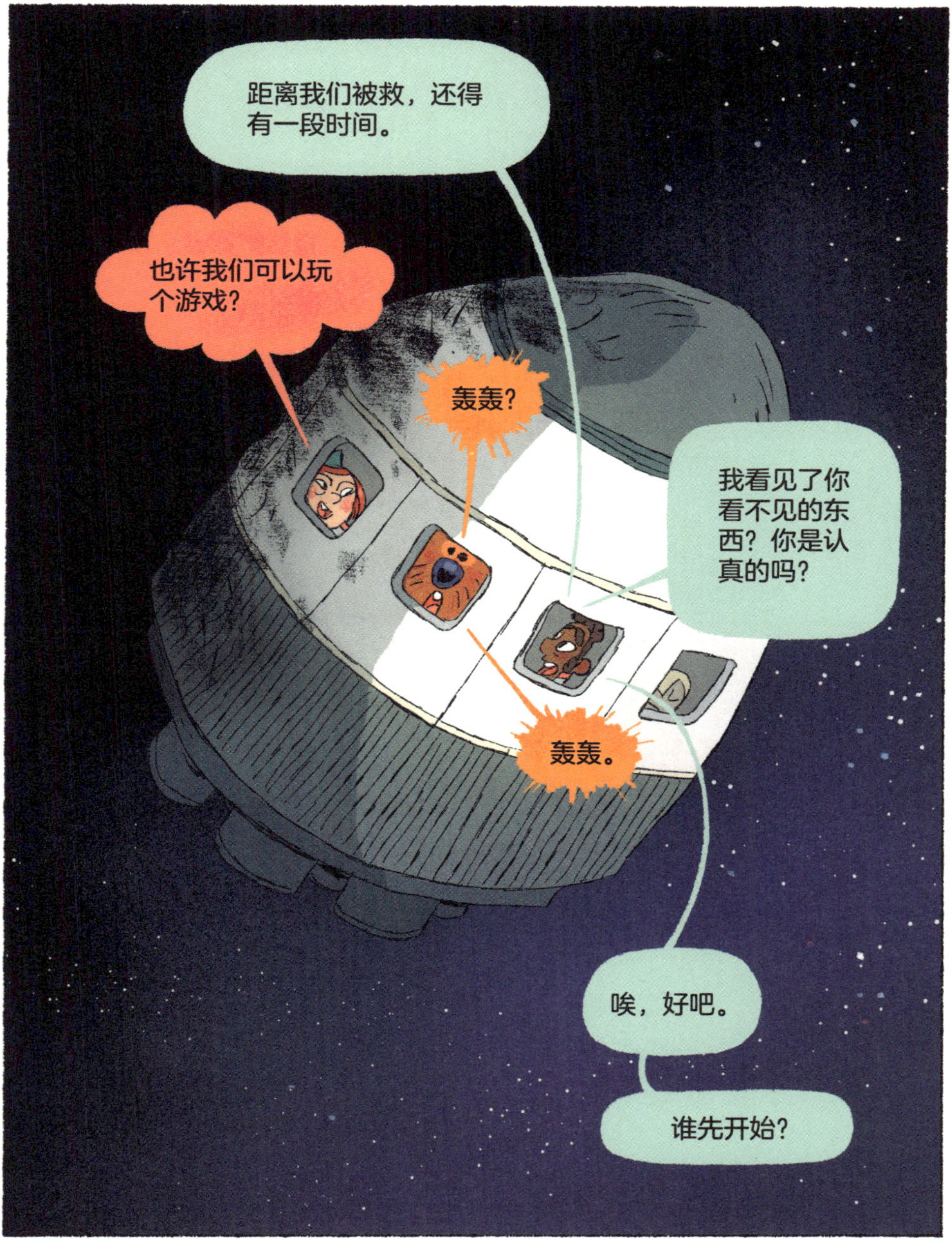
距离我们被救，还得
有一段时间。
也许我们可以玩
个游戏？
轰轰？
我看见了你
看不见的东
西？你是认
真的吗？
轰轰。
唉，好吧。
谁先开始？